アメリカ紀行

目次

アメリカ紀行

押し出される

小雨のなかを遠回りに散歩していて、通りかかった教会をおそるおそる覗《のぞ》いてみると、パイプオルガンの伴奏に合わせ、みんなで賛美歌を歌っている。歌が終わると、中心にいる人物の祈りの言葉にみんなが勢いよく唱和する。

「ドナルドが正しい行ないをしますように」

ドナルド？　誰だろう？

――トランプ大統領か。ファーストネームで言われても一瞬わからない。

「神は寛大に私たちに耳を傾けてくださる」

と、何度も唱和する。不安な人間たちが神との絆を信じようとする。夫婦が腕を肩に回し、優しく髪を撫で合っている。小さな子供も正面をじっと見つめている。

そして一連の祈りが終わると、一斉に満面の笑みになって周りの人々に握手を求める。愛を分かち合うこと。形ばかりのことなのかもしれないが、これがこの社会のあり方なのだろうか。だとしたら、その反動としてのニヒリズムも大変なものだろうし、東洋的な無への憧れも出てくるだろう、と思う。お決まりの儀礼にすぎないのだろうか。ここには十分に本気があると感じる。

次々に握手を求める人々の温かい人間ぶりに追い立てられるようにしてそこを出た。僕は、自分をひとつの自然現象のように感じる。僕は、人間に占拠《オキユパイ》された空間から押し出されるひとかたまりの空気だった。

川のそばにあるショッピングモールでiPhoneを買った。だだっ広い。アジア人の体では持て余すような空間。ドラッグストアで見つけたビン入りの無糖のアイスコーヒーは4・7ドルくらい。高いなあ。日本なら200円しないわけで。ビオフェルミンのような薬を見つける。probioticというのがそうだろう。friendly bacteriaと書いてあるのは「善玉菌」だろうか。フレンドリー・バクテリア。

アメリカ。広い空間を、大柄な男たちがどっかどっかと歩いてくる。僕の性的な感覚は、アジア人のコンパクトな体に結びついていた。たぶんこの土地に慣れていくうちに、エロスのあり方もいくらかは再構築されるのだろう。

モールのスターバックスで、だいぶボリュームがあるバジルソースのチキンのパニーニとアイスコーヒーを買った。名前を訊《き》かれる。Masayaと答える。訊き返されたのでスペルを答える。エム・エー・エス・エー・ワイ・エー。そして大きな声で、公衆の面前で、ファーストネームを呼ばれる。

＊

二〇一七年十月一日、僕はボストンのローガン空港に到着した。

学外研究という制度を利用して、二〇一七年度の一年間は大学の仕事を免除され、研究に集中することが許された。そのうち十月から翌二〇一八年一月末までの四ヶ月間は、ハーバード大学のライシャワー日本研究所に客員研究員として滞在する。日本の現代思想についてアメリカの研究者と議論するために。ライシャワー研究所には、以前から交流があるアレックス・ザルテン——日本におけるメディア論の歴史を研究している——が所属しており、彼が制度的な受け入れ役を快諾してくれた。ボストンは独立戦争の起点であるアメリカ最古の港町だ。その西側のチャールズ川の向こう側が、ハーバード大学やマサチューセッツ工科大学、レスリー大学などを擁する町、ケンブリッジである。ボストンの中心街からは、赤い線で示される地下鉄のレッド・ラインに乗って十五分もかからない。ハーバード・スクエアという駅が大学の目の前にある。

最初の二週間は、ライシャワー研究所が入っている建物のすぐそばの小さなホテル——B&B（ベッド・アンド・ブレックファスト）という形態の——に泊まる。住宅街のなかのアーヴィング・ストリートという通りに面している。そこにいるあいだに賃貸の部屋を見つけなければならない。

事務長のステイシー・マツモトさんから来た書類には、物件は渡米してから実際に見て決めたほうがいいと書いてあって、素直に従ったのだが、それは失敗だった。

もう秋学期は始まっているから空きが出るタイミングではないし、ケンブリッジの相場は目が飛び出るような水準で、候補はほとんどないことが判明する。結局、日本の不動産会社の支店に頼り、一ヶ月後に入居できる物件を内見せずに契約した。最初のホテルを出た後の滞在先もすぐ決めなければならない。

Are you sure?

十月一日、夜——ローガン空港に着いて真っ先に外の喫煙所で一服し、タクシーに乗り込む。ドアをごく普通に閉めたつもりなのだが、「そんなに強く閉めないで！」と黒人の運転手に叱られてびっくりする。直接ホテルに行き、チェックインする。シャワーは共用。髭を剃《そ》る。足がむくんでいるから、ジム用に持ってきたナイキの柔らかいランニングシューズに履き替える。キャンパスに沿って少し歩き、交差点の角にあるGrafton Street Pubという小洒落た店に入った。ビールは7ドル、ハンバーガー13ドル。日本の外食は本当に安い。

たぶんハンバーガーの調理の仕方を尋ねられたのだが、そもそもどんな可能性があるのか想像もつかないから、英語をぜんぜん聞き取れなかった。

＊

時差ボケで目覚めてしまう。ケンブリッジは午前三時半。もう一度寝ようとする。そしてまた眠り、七時半に起きる。ベッドの長さが少し足りない気がしたが、これで西洋人の背丈に十分なのだろうか。地下にあるダイニングルームに降りて朝食をとる。タルトのようにチーズの詰め物が入ったパンが、温められていて香ばしい。グレープフルーツジュースによく合うと思う。

ナッツのフレーバーがあるらしいコーヒーと、デカフェのコーヒーと、普通のコーヒーという三つのポットがある。僕は普通のコーヒーを紙コップに注ぎ、玄関のポーチに出る。そこにある灰皿でタバコを吸っていたら、続いて五十代くらいの男

性がやって来て、ここで何をしているのかと尋ねてくる。

日本から研究員として来ました、哲学を研究しています。そう説明すると、彼は「マインドフルネスに興味があるんだよ」と言う。瞑想《メディテーション》ですね。過去も未来も考えずにただひたすら「いま」に集中する、とかそういう。

アメリカの政治はいま大変だよ、とぼやく。日本もそうですよ。変なナショナリズムが強くなって。どこもそうだね。

そして最後に「哲学といえば、テイヤール・ド・シャルダンが好きなんだ」と付け加えて、その人物は先にホテルに戻った。人間の知性は進化を続け、いつかは神のようになると説いたフランスの「キリスト教的進化論」の思想家だ。人間に内在する無限のポテンシャルを信じる、ということ。

到着してすぐ、ラスベガスで無差別乱射事件があった。テレビの画面で、タタタタと銃が鳴るなかを人々が逃げ惑っている。すごくunrealな印象だった。

喫煙所であの男性とふたたび一緒になる。彼は企業の研究開発部で働いている生物学者で、エピジェネティクスが専門だという。今回はハーバードのラボに営業をしに来たそうだ。

「今日では、すべてのカネが人間の病気に関係しているわけさ。アメリカ人は死にたくなくてしょうがないんだ」

人間は神に近づくという思想に興味があり、先端医療をビジネスにし、アメリカの健康強迫を憂いながらタバコを吸っている。

「マインドフルネスの本で、風呂場の鏡に指でAre you sure? と書くというレッスンがあった。仏教の教えだ。科学の世界でもよくわからんことばかりだよ。リアルとリアルじゃないものが、よくわからない」

この新たな空間のなかに僕をどう位置づけたらいいのか、わからない。この空間のなかで、自分に固有の喜びをあらためて発明しなければならない。I'm not sure, of my enjoyment, sir.

十月初めのボストンにはまだ暑さが残っていた。部屋のクーラーが寒すぎるくらいに効いているので、弱くしてくれとフロントに言いに行った。気のよさそうな兄ちゃんがすぐに来て、長い棒を使ってクーラーの吹き出し口にあるレバーを引き、口を狭めようとしたが、ぶつかってレバーがもげてしまった。二人で大笑い。

ポーチから見える草花の名前がわからない。そのかわいらしい色彩が季節の移ろいを表していること、この地の季節がそこに確かにあることはわかるし、そのことに感動する。だが、その物珍しく見える草花に自分を託すことができない。

詠みようがわからぬ花の色に秋

エンジョイ

日本語でしゃべくるのを仕事にし、つねにそのスタンバイ状態だった数日前までから一変して、言葉がどこかで堰《せ》き止められたような状態に身を置いている。英語は必要な分はしゃべるにはしゃべるが、まだ慣れていない。

I'm in something like limbo of language.

享楽を立て直さねばならない。エンジョイ・ユアセルフ、と自分に言う。だが、肝心のマイセルフがふわふわしている。

トランプ大統領が、川の水面を滑走する青いスポーツカーに乗って、川べりに張り出した料亭に到着する。という珍妙な夢で午前六時に目が覚めた。先に料亭にいる僕らは大統領を歓迎し、Enjoy yourselfと声をかける。大統領は皮肉っぽく笑い、少し間を置いて、エンジョーイ……と応じた。

地下のダイニングへ行く。朝食の準備は始まったばかりだが、コーヒーのポットはもう置いてあるから、目覚まし代わりに一杯もらう。

その翌日は、時差ボケがマシになった気がする。

感覚が変わり始めた。流れがぶつかって渦巻きになるみたいに混濁していた時間の川が、しだいに透き通り始める。

夜の十一時に眠って、朝六時に起きたところだ。夢は覚えていない。寒くはないと思う。タバコを吸いにポーチに出ると真っ暗で、秋の虫が鳴いている。

そろそろいつも通りの仕事をしたい。途中で放り投げてある文章を編集したり、いつも通りにデスクで集中したい。すべての時間が新生活のセットアップに費やされている。その隙間にでも自分の時間を取り戻したい。そろそろ取り戻せる感じがする。時間の質が変わり始めている。

ホテルの前で車が急に止まり、その窓から新聞が敷地に投げ込まれた。

腹が減っていて、朝食をたくさん食べてしまう。それから近所にあるカフェに移り、エスプレッソを頼んだ。できあがると、赤っぽい口髭をたくわえた店員がピースサインをして、「エンジョーイ!」と笑った。

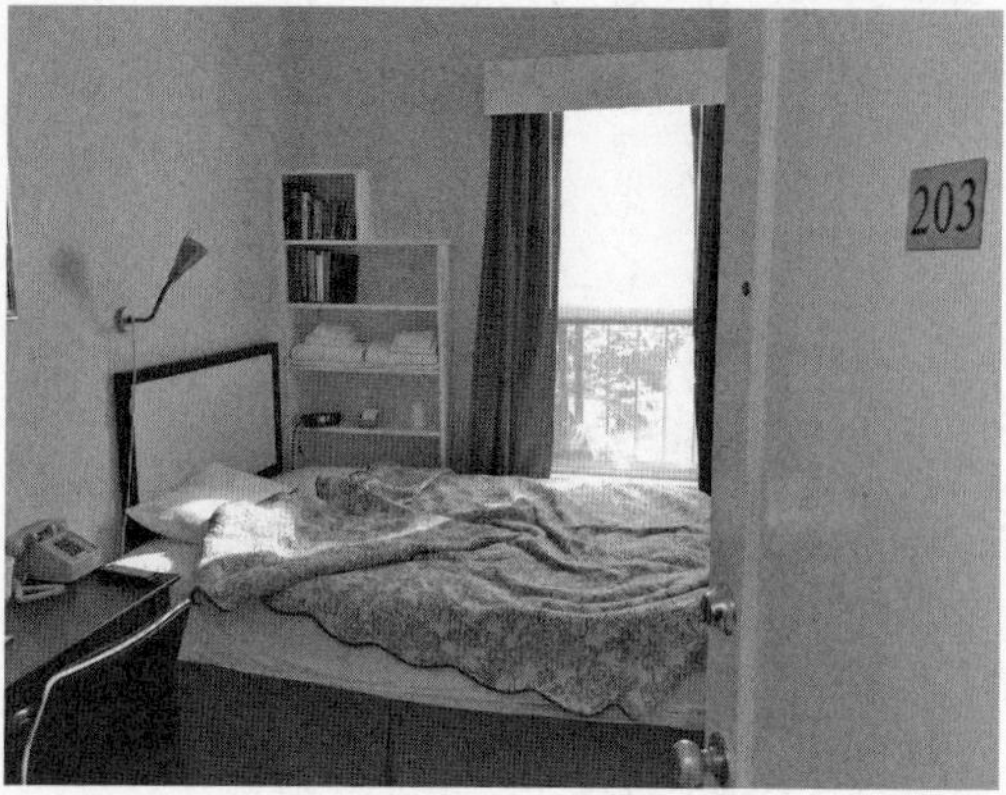
203

ライシャワー日本研究所

蟬が鳴いている。聞いたことのない鳴き声だ。ゼンマイのおもちゃのような音。ジーと長くのびて、プツッと途切れる。ボストンは寒いのかと思っていた。気温差はあるが、昼間はまだかなり夏だった。半袖は一枚しか持ってきていない。

カフェで注文したものができるとマサーヤ！　と呼ばれる。奇妙な気安さ。お前誰やねんと言いたくなる。ジョージとかボブとかジェーンとか名前が少ないから、軽く他人に呼ばせても平気なのだろうか。僕は言霊《ことだま》を信じているのか。レジの流れ作業のなかでWhat's your name? と訊かれることにひじょうに違和感がある。

ライシャワーは日本研究所なので、スタッフもある程度は日本的なふるまいをしてくれる。ここでは名字で呼んでもらえるから安心だ。

到着して二日後、十月三日の午前中にオリエンテーションが行なわれた。担当者

EDWIN O. REISCHAUER INSTITUTE
OF JAPANESE STUDIES
EXIT

は眼鏡をかけた東アジア系の若い女性の助手さんで、少し日本語もできたが、英語で会話する。彼女と一緒に建物を出て、キャンパスを突っ切って反対側にある学生課へ行き、質問に答え、写真を撮ってＩＤカードを作成する。帰りには保健センターの位置を確認しておく。そして研究所に戻ると、廊下の角にあるオフィスから灰色の髪をした人物が出てきた。助手さんに「ホワイトロー先生です」と告げられるやいなや、焦って英語で挨拶しようとしたが、先に「千葉先生、よろしくお願いします」と日本語で言われ、お辞儀をされてしまった。

ギャヴィン・ホワイトロー先生は、日本のコンビニの研究をしている。日本に留学していた若い頃には、実際にコンビニでバイトをしていたそうだ。

高級感がある大学だった。空間の傲然たる余裕。ステンレスが攻撃的なまでに輝くエレベーターのドア。トイレの大理石風の洗面台も崇高だ。日本の大学がエコノミークラスなら、さしずめここはビジネスクラスか、と思う。

共用のキッチンには自由に使えるコーヒーメーカーがあり、冷蔵庫のミネラルウォーターや牛乳もテイクフリーなのだが、お昼時に、誰が持って来たのかチーズとフルーツの盛り合わせがカウンターに置いてあって、勝手に食べているようなので、僕に権利があるのかわからなかったが、ちょっと食べてみた。

聖なるもの

日本ならば、ひとつコンビニがあれば、そこでこれまでの生活をすべてリセットできる、という安心感がある。人生で何かやらかしても大丈夫だ。夜逃げしてどこかに流れ着いても、コンビニがすべてを再開させてくれる。すべてが水に流されていく日本的生の逗留地《とうりゅうち》としてのコンビニ。

もちろんコンビニはアメリカ発なのだし、こちらに来てセブンイレブンを使ったが、日本のように何でも揃うわけではない。何ひとつ不足がないようにと強迫的に配慮しているかのような日本のコンビニの棚には、標準化された生活のミニチュアが見える。

コンビニでは、人が非人称になる。「なる」というか、非人称に「戻る」場所である。それは「清める」ような作用をもつ場所だとも言える。すべてがリセットされ再開される聖域としてのコンビニ。駆け込み寺のような。

僕は日本の生活のなかで、コンビニとか、和食の儀礼的《リチュアル》な面などから、自覚せずに「聖なるもの」を補給していたのだと気づく。異国に来て、それが補給できなくなっている。

僕はいま、異なる宗教の土地に来ている。というか、アメリカは宗教的な国なのだが、「聖なるもの」は感じ取りにくいのだ。僕にはまだそのアンテナがないのだろうか。宗教 religion と聖なるもの the sacred は異なる――ジャン＝リュック・ナンシーがそれを論じている（『イメージの奥底で』）。宗教とは結びつけるものだが――その語源はラテン語の religare であるという説：re（再び）＋ ligare（結びつける）――、聖なるものとは「分離されたもの」、「切り取られたもの」である。あるいは絶対的に隔たったもの、それが聖なるものだ。この意味で、実は聖なるものは宗教に対立する。宗教からも分離する、聖なるもの。

僕がいま何を食べたいのかといえば、聖なるものを食べたいのだ。

You

ハーバード大学の健康保険に入るには、面倒なことに、アメリカの銀行の小切手で支払う必要がある。小切手は日本人には馴染みが薄いが、フランス留学の際にも小切手を使った。できるだけ早く保険に入りたいから、日本の銀行からただちに海外送金し、小切手を発行しなければならない。

銀行の前に黒人の警備員がいる。IDを求められるかと思ったが、何も言われず入ることができた。重いガラスのドアを二つ開けると、天井の高いロビーにステンレスの冷蔵庫のようなデカい塊が並んでいる。それがATMだった。

窓口はない。銀行員は、奥にいくつかあるオフィスに一人一人陣取っている。フランスでもこの形式だった。日本の銀行はコンビニみたいだ。

ロビーにマネージャー風の男性がいたので、口座《アカウント》をつくりたいのですがと話しかける。とくに怪しまれることもなく、ではこちらへ、と笑顔でオフィスに連れて行かれ、中国系と見える若い男性に引き継がれる。スペンサーという名前。ハーバードに研究員として来ています、と告げて大学のIDとパスポートを出すとそれで十分らしく、何の面倒もなく、一緒にパソコンに個人情報を打ち込むことになる。インターネットバンキングの設定も行ない、最後にはアプリの使い方も教えてくれる。最初から最後まで電子化されていた。サインもデジタルペンで書く。紙は一枚も使わない。当然、印鑑もない。

手続きが終わりに差し掛かると、上司とおぼしき丸々太った白人女性が、ハーイ！　ハウアーユーとおどけて登場した。アメリカは初めて？　と言うので、二回目ですと答えたら、ようこそお戻りで！　と返される。

「彼は訊くべきことをお訊きしましたか」

と確認される。部下の業務を形式的にチェックするのが義務なのだろう。

あなた本位。How are you? もそう。Have a good day もそうだし、そう挨拶すれば、You too! と返してくる。まず相手を主語に立てるという感覚。これは日本語にはない。「どうも」とか「すいません」とか「お疲れ様」は、一人称と二人称の区切りが曖昧な気がする。非人称的なのかもしれない。

やはり How are you? には慣れない。朝、すれ違って、Good morning だけ言って、すぐに How are you? と言われて、ギョッとしてしまった。

余計な負担を求められている感じがする。

Have a good day と声をかけられてただちに You too! と返すのは、ハードルが高い。根本的にOSが違う感じがする。形ばかりのこととはいえ、僕が You too! とグッと表情筋を動かして応えるならば、何かタガが外れちゃってる感じだ。

アメリカには、二人称がある。日本では二人称がひじょうに希薄だ。

二人称があるというのは、キリスト教と関係があるのだろうか。「隣人愛」なのだろうか。日本のほうが、その集団主義がよく言われるけれども、個々はバラバラなのかもしれない。僕はそう思っていて、それが好きなのだと思う。

カフェでクシャミをしたらBless you! と言われた。Thank you と返さなければならないが、はにかんでしまう。You という異物が引っかかり続ける。

信頼

また蟬の声だ。ゼンマイのおもちゃのような音? そうじゃない。これは鉄板を切断するような音だ。火花を散らして。工場の音だ。

カフェのトイレの扉は重く、固くて、なかなか開かない。ガランと広い個室に小便と汗の臭いがこもっている。むせかえるような、というありふれた表現が頭に浮かぶ。奥にステンレスの便器がある。夜中にどこかのこんなトイレで、大男二人が肉体を押しつけ合うのだろうか。

テーブルも椅子もバラバラにズレていて、紙袋は落ちてるし、僕が日本の定食屋で椅子を毎回戻すよう気をつけているのは何なのかとバカらしくなる。というか、やはりそういう神経質さが自分にとって安心な存在のモードなのだった。

アレックスがDarwin'sという近所のカフェを教えてくれた。午前中はまずそこに行く。日本でしょっちゅうドトールに通っていたように、その店を「領土化」する。新しい刺激によって自分が解体されても、ただの決まりごととして、儀礼として反復される習慣が、存在の堅固さを回復させてくれる。

もともとアメリカのコーヒーは薄かったが、スターバックスが濃いのを導入してから変わったんです、とアレックスから聞いてびっくりした。あのコーヒーが濃いのだという。アメリカ人はカフェインにやたら神経質だ。油だらけのジャンクフードが国民食で、ドラッグが蔓延《まんえん》しているというのに。

Darwin'sのエスプレッソには、フルーツのような不思議な酸味があった。豆の味を大事にしているということらしい。

この酸味をどう受け止めたらいいのか、あるいは、僕はこの酸味にどう受け止められたらいいのか、わからない感じがした。不味いほど苦いコーヒーを飲みたい、という反発心があった。たとえばパリで、戦前から続くカフェで苦いエスプレッソを飲むと、ものごとは複雑だなあ、という感慨を受け止めてもらえる気がする。でも、僕がアメリカに来たのは、もっとシンプルになるためなのだ。

Darwin'sで、席にパソコンと上着を置いたまま、財布が入ったバッグと携帯は持って外に出て喫煙する、という行動を勇気を出してやってみた。最近までボストンのバークリー音楽院でベースを学んでいた——その後はニューヨークに住んでいる——唐木《からき》元《げん》さんが、ツイッターで、「隣の人に荷物my stuffを見ていてもらうよう言う」というのを教えてくれた。自分が頼まれることもよくあるそうだ。

隣の人を信頼する。声をかけ合って。

ドゥルーズが、メルヴィルの小説『バートルビー』に対する批評で、アメリカ的

概念としての「信頼」について述べていた。信頼 confiance は、信仰 croyance とは区別される。「この世界への信頼」は、「あの世への信仰」ではない。

アメリカの超越主義（エマーソン、ソロー）の時代に生きたメルヴィルは、早くもプラグマティズムの特徴線《トレ》を描き、それをさらに延長する。まず最初に行なわれるのは、過程にある世界、群島としてある世界の肯定だ。ピースどうしを合わせて全体ができあがるようなパズルでさえなく、むしろ、セメントで固められていない石の壁のようなものであり、その個々の要素はそれ自体で価値を持つが、それでいて他の要素との関係でも価値を持つ。（……）画一的な服ではなく、たとえ白地に白の模様でもいいから、アルルカンのコートであり、（……）どこまでも続き、複数の接続が可能なパッチワークだ。これこそがすぐれてアメリカ的な発明であるのだが、それは、スイス人が鳩時計を発明したのと同じ意味で、アメリカ人がパッチワークを発明したからだ。しかしそのためには、認識する主体、唯一の所有者が、探検家の共同体、まさしく群れの兄弟たちに席を譲り、兄弟たちは認識を信仰で、というよりもむしろ、「信頼」で置き換えねばならない。あの世への信仰ではなく、この世界への、そして神に対しても人間に対しても抱く信頼である（……）。(Gilles Deleuze,《Bartleby, ou la formule》, in *Critique et clinique*, Minuit, 1993, pp. 110-111. ジル・ドゥルーズ「バートルビー、または決まり文句」、『批評と臨床』守中高明・谷昌親訳、河出文庫、二〇一〇年、一八〇 - 一八一頁)

今日僕は、ちょうど『バートルビー』について考えようと思ってこのカフェに来たのだった。ドゥルーズの解釈も念頭にあった。それから、ドゥルーズの解釈をふまえてさらに別の見方を示す、イタリアの哲学者ジョルジョ・アガンベンのことも念頭にあった。そしてタバコを吸いに外に出たくなり、そこで実際に、信頼というアメリカ的問題が浮上したのだった。

Believe me. 関係性を裏張りしてくれる「奥」がない世界では、散り散りの皮膚のかけらのような、有限な存在同士が信頼し合うしかない。それは、パズルのピースが仮に嚙み合っても、全体としては完成しないような状態なのだ。

Believe me. 僕はあなたを呼ぶ。あなたは僕を呼ぶ。

ターキーのサンドイッチを買った。ものすごく大きいので半分で足りる。残りはホテルの冷蔵庫に入れておいて夜食べれば節約になる。ピンク色のベリー風味のサワークリームが入っている。それはいかにもアメリカンだと感じる。うまいと言えばうまい。この土地を離れたら思い出す味。

どこかに中心がある近代的なシステムから、分散型の世界へ——という移行を言《こと》祝《ほ》ぐのはドゥルーズ+ガタリ的で、それでよしとするのはベタすぎると思っていたが、それは日本にはまだそのリアリティが十分ないからだろう。アメリカにはまさにドゥルーズ+ガタリ的現実が生々しくある。だが、それはやはりベタだし、結局は情報産業の欲望でしょ？　とシニカルに構えて左派的批判を向けるのが、たとえばニューヨークの論客アレクサンダー・ギャロウェイなのだが、そもそも、そういう批判が出る前提には日本よりもずっと生々しいドゥルーズ+ガタリ的実感があるわけだ。

午後から夜八時まで寝てしまった。疲れていた。新しい環境で脳が傷だらけになっていて、修復しているのだろう。この時間は日本の夜だから、「時差ボケの戻り」なのだろうか、そんなことがあるのだろうか。起きたら真っ暗になっていた。ホテルのポーチに出てタバコを吸っていると、シシシ、シシシシと虫の声が聞こえる。秋の虫なのだろうか。それからグロサリーに行って、酒のつまみにブルサン（ニンニク味のクリームチーズ）を買おうとするが、スプーンがないと食べられない。食器は持っていなかった。言えばくれるのだろうか。Do you have a disposable spoon? と尋ねると、Yes と無料でくれる。考えてみれば、日本のコンビニだってそうじゃないか。

適応

生活が日常のペースを取り戻しつつあると思う。朝起きて、着替えてタバコを吸って、朝食を食べ、その後カフェに移動して書き物をする。そのためにかえって、どこにいるんだろうという変な気がする。やるべきことをやり、異国にいることをあまりに意に介していない感じ。現実から解離した感じ。

テレビの英語を聞く、というか、とりあえず流しておく。単語ひとつひとつはうまく聞き取れなくても、大ざっぱなモザイク画像のようにわかる。３Ｄグラフィックスの描画がだんだん進んでくるように、英語のモザイクも徐々に細かくなってくるのだろう。カフェに車が突っ込んだ、というニュースが流れていた。

十月十二日——到着して一週間は、周りの刺激に対して一生懸命に解釈をかけていたが、物事を過剰におもしろがろうとするテンションはそれから下がってきた。異国にいても日本にいるように暮らす、という解離的、現実否認的な段階に入っている。アメリカにいるようで、いない。それが適応なのだろうか。

変な言い方だが、僕はずっと日本にいるのに、周りの環境すべて、人も物もすべてが国際シンポジウムのためにまるごと来日しているみたいな感じがする。
それでもまだ、本格的に仕事を始められる心境ではなかった。心境、いや「知覚境」というか。環境のストレスによっていったんバラバラになってしまった知覚の修復に時間がかかっていた。それはある程度はできてきたと思うが、まだ十分論理的な思考を立ち上げる段階にはなっていない。

大学のそばにある中華料理屋に行く。中国系の従業員のなかに一人ひょろっとした白人のおじさんがいて、Tシャツの背中に日本語で「逃げ」と書いてある。ラーメンを食べたくて、それらしいものを頼んだのだが、登場したのは太い焼きそばだった。おそろしい山盛りで、具もほとんど入っていない。Lo Meinというもの。安易だった。検索すべきだった。どれだけ食べ進めても同じ味が続く。どこまでもどこまでも出口の見えないトンネルのように。

2022年
5月の新刊

文春文庫

ちたミレニアル世代の食エッセイ

7

大竹英洋

そして、ぼくは旅に出た。

はじまりの森 ノースウッズ

はじまりは夢に現れたオオカミだった——写真家を目指す若者が単身渡米、水上の旅へ。多くの共感を呼んだ傑作ノンフィクション！

●1122円

791883-5

リンカーン・ライム、死す——!?

ジェフリー・ディーヴァー

死亡告示

トラブル・イン・マインドⅡ

池田真紀子 訳

名手の8年ぶり短篇集。Ⅱ巻も常にないオカルト風作品、まさかのライムの「死亡告示」と盛り沢山の6篇が読者の予想を裏切ります！

●1320円

791884-2

美しき桂冠詩人の力強いことばを再び

アマンダ・ゴーマン

わたしたちの登る丘

鴻巣友季子 訳

バイデン大統領就任式で朗読され、世界中に力を与えた再生と癒しの詩。雑誌掲載で大きな話題を呼んだ名訳が特別企画を追加し文庫化！

●792円

791885-9

立体的

窓を全開にして重低音でラップをかけている車が近づき、遠ざかる。トラックのような荷台のあるデカい車が気になる。アメリカのヤンキー的な車なのだろうか。とツイートしたら、あれは「ピックアップ」と言うのだと唐木さんが教えてくれた。それから、唐木さんによればアメリカには、車を女優が悩ましく洗車しているだけの「カーウォッシュ」というポルノのジャンルがあるのだという。自動車とはファルス（男性器の象徴）なのだ。

公園でベンチに腰を下ろしたら、向かいのベンチにアメフト選手のような体育会風の白人の学生がいる。肉がパンパンに張っていてデカい。その隣には、おっぱいが小玉スイカほどもある黒人の女性が親しげに座っている。デカい声で談笑している。肉体も精神も、この国では「押せ押せ」である。アメリカでは、存在それ自体がバインバインなのだ。なぜこんなに太っているのか。なぜこんなに乳がデカいのか、ケツがデカいのか。なぜこんなに腕が太いのか。僕が出国直前までジムに通っていた記憶など、バインバインに弾き飛ばされてしまう。

どこもかしこも立体的。I miss you, 平面性。自分は２・５次元だと感じる。

いつものDarwin'sで、ベジタリアン向けのサンドイッチを買ってみた。肉の代わりに黒い豆のフムスが入っている。それとアボカド。ピリリと辛い刻んだ紫タマネギ。甘みと多様なスパイシーさが混ざって大変おいしい。やはり大きいので、半分残しておいて夕飯にする。午後は小雨が降ったり止んだりしている。

救急車を駆る腕に刺青《いれずみ》見ゆる雨

Roxbury

十月でも夏めいた気候が続いていたが、今朝は一三度まで下がる。薄手のアウターではもう寒い。アーヴィング・ストリートのホテルの次には、初めてAirbnb《エアビーアンドビー》(個人所有の物件をシェアする民泊のネットワーク)を利用し、ボストンの地元の人のアパートに間借りする。知らない人と二人暮らしになる。過去の利用者が感謝のレビューをたくさんつけている人なので大丈夫だと判断した。プロフィールではゲイであることを明らかにしている。一週間の契約。その後は、大学の近くにあるアレックス夫妻の家に泊めてもらえることになった。それで月末になり、賃貸に入居できる。ハロウィンの時期だ。

Airbnbの物件は大学からだいぶ離れている。やっと馴染んできたケンブリッジを離れ、ボストン南部のロクスベリーという郊外の地区へ移る。ハーバード・スクエアからタクシーに乗ると、道すがら、「これから行くところはケンブリッジとは違うぞ、荷物に気をつけるように」と黒人の運転手に忠告された。

他人の家に間借りするなんて、ストレスがひどくて普段の僕ならやらない。その殻を破ってみる。家主は中学校の教諭をしており、カリブ海の島国トリニダード・トバゴからの移民だという。タバコという言葉のオリジンはこの国だ。

タクシーは、確かにうら寂しい感じのする倉庫ばかりの地区に入り、アパートの真ん前に到着した。家主は外で待っていた。親切に荷物を運んでくれた。

広々としたリビングとキッチンがあり、寝室が二つある。その一方が家主の部屋で、もう一方を貸している。全体は僕の日本の家より広く、天井も高い。フローリングが照明の反射で輝いている。ホテルの部屋は狭かったので、足が痛くなっていた。やっと足を伸ばせる。

近くに大学病院があるので、このアパートには医学生が多いという。でも、その病院の近くはホームレスが多いから、近づくべきではないエリアなのだった。

Airbnbにせよ、自分の車でタクシー営業をするUber[ウーバー]にせよ、実にアメリカ的なシステムだと思う。根底にあるのは個人の信頼、コンフィデンスだ——ドゥルーズのバートルビー論。

出口がずっと遠くにあるトンネルを歩き始めたばかりという感じ——を、パリ留学が始まったときにも感じた。新幹線で帰りたいと思っても、そういうわけにはいかない。渡仏前に、やはりパリに留学していた女性の先輩から、到着直後は楽しくて楽しくて毎日ベッドにたどり着かず床で寝てしまった、という話を聞いた。僕はまったくそういうタイプではない、とパリに行ってすぐわかった。

郊外を南に抜けていく太い街道のそばだった。倉庫や工場が続き、空が大きく広がっている。こういうアメリカを想像したことがある。

スーパーへの行き方を教わった。僕の感覚からしたら、遠いようだった。街道は横断歩道が少なく、どこで渡ったら効率的なのかよくわからない。

シャーシャーと紙を裂くような車の音。救急車なのかパトカーなのかわからない

音。風が強かった。風の町だ。がらんとした町。ホームレスに見える通行人もいて、緊張し、注意が散漫になる。そのうちにショッピングモールに着く。スーパーを中心としてレストランやカフェも配置されている。明日の昼の分まで簡単に食べられるものを買っておく。入口にあるリサイクルボックスがうっすら生臭く臭っていた。だいぶ寒くなったので、厚手のパーカをはおっていた。

この風の強さでは、「霊」が立ち止まることもできないだろう、と思う。

夜、家主が日本旅行の写真を見せてくれる。彼はゲイカップルで養子を育てた。マサチューセッツ州でゲイカップルが養子をとったのは初めてのケースで、新聞に載った。その息子は軍人になり、日本に駐屯している。だから日本へ旅行したというわけだ。大阪、京都、東京をめぐり、富士山にも登った。居酒屋が楽しかったという。これは「シシャモ」と言うんだよ、と写真を見ながら教える。まるごと一匹で、しかも腹に卵が入っているのでびっくりしたそうだ。

アメリカでは、酒屋以外ではアルコールを買えない。ビールとかチューハイを気軽に買える日本のコンビニは便利だ。ウイスキーのようなハードリカーまで売っている。でも、アメリカの酒屋はバーボンが充実しているから嬉しい。日本ではすぐに買えないバーボンがすぐに買える。別の便利さだ。僕が一番好きなウッドフォード・リザーブを買い、その平たい瓶をロクスベリーに持ってきた。これを少し飲んでから寝る。寝ているあいだに、信頼することにしたとはいえ、この人物に何かされないかと一応心配になる。部屋には鍵をかけるのだが。

必要な事務作業はおおよそ完了していた。とりあえずこの場所を起点にして、ボストンの地理に馴染みながら、頭が動き始めるのを待つ。

I would prefer not to

Uber の車を呼ぶために iPhone のアプリにクレジットカードを登録したいが、なぜかうまくいかず、このカードは使えません、と出てしまう。それで唐木さんにヘルプを求めたら、Uber より Lyft《リフト》がいいと教えてくれる。日本には Uber もないが、アメリカでは同種のサービスで価格競争もある。Lyft のほうが若干安い。それに、Uber では乗車後にドライバーに対して評価の星をつけるだけでなく、ドライバーも利用者を評価する。それが嫌なので Lyft を使っているというのもあると唐木さんは言う。Lyft はどぎついピンク色のアプリだった。

そうした配車サービスでは相乗りもできる。同じ方向に行く複数の客を順次適切に下ろすために、コンピューターが経路を計算する。ドライバーはそれに従って黙々と運転するだけだ。数学が人間を支配している。

唐木さんがバークリー音楽院の卒業証明を取得するためにニューヨークからボストンに来るというので、学校を案内してもらった。

初めてお会いする唐木さんは驚くほどエネルギッシュな人で、どんどんしゃべり、早足でどんどん先に行ってしまう。僕はやっとのことで後を追いかけていく。街の一角に校舎がいくつもある。そのひとつに入り、内部から別の校舎へ移動するのだが、唐木さんはどんどん先へ進むので――『不思議の国のアリス』のウサギのようにノンストップで――、せっかくの機会なのに、見えるものを脳に刻み込む暇がない。階段を上ったり下りたりし、狭い通路の右に左にさまざまな部屋が現れては過ぎていく。いまどのあたりにいるのか見当もつかない。練習ブースにあるボロボロのアップライトピアノ。机ごとにＤＴＭのセットがある部屋。教員がホワイトボードの前で講義している部屋もあったが、想像よりずっと小さい。バンドの練習が始まろうとしているスタジオもあった。

バークリー方式という和声法を効率的に教えるジャズの聖地として憧れていたバークリー音楽院だが、実際に見ると、ごく普通の専門学校だった。

かつては大勢の日本人留学生がいたが、いまでは中国人留学生がメインになっている。いずれにせよ、いかに留学生を呼ぶかのビジネス。専門学校としても卒業できるし、教養科目を受けることで学士になれる音大でもある。教養科目があるのが大学だ、という定義で、アメリカ人の大学観がわかると唐木さんは言う。専門性に加え、多角的な視点を学べることこそが大学の大学たるゆえんなのだ。日本の大学改革の方向性とは正反対である。

唐木さんはポップカルチャーの情報サイト「ナタリー」の取締役の一人だったが、仕事を辞めてアメリカで学び直し、ベーシストとして世界で最も苛烈な競争に加わろうとしている。僕はアメリカで戦えるのだろうか。戦うべきなのだろうか。いや、戦いたいのだろうか。

バートルビーが繰り返し口にする「決まり文句」を思い出す。

——I would prefer not to. せずにすめばありがたいのですが。

どうにも timid な気持ちだ。ある一線を越える手前に留まること。僕はいつも手前にいる。何かタガが外れて、その先へ行ってしまいたいという熱望があるにもかかわらず。

パリで書いた修士論文の口頭試問で、指導教員のカトリーヌ・マラブーの強い口調の質問にうまく答えられないでいたときに、Vous êtes timide, あなたは引っ込み

BERKL

思案よね、と言われた。僕はその論文でドゥルーズの時間論の新たな解釈を示していた。だがマラブー先生は、あなたはドゥルーズを歪めている＝倒錯させている Vous pervertissez Deleuze と言い、そして、
「あなたの哲学は何なの、あなたは何を考えているの」
と畳みかけた。言葉に詰まってしまった。

法律事務所に代書人として雇われたバートルビーは、しだいに、どんな用件でも「せずにすめばありがたいのですが」という決まり文句で婉曲的に拒否するようになる。ついには、代書の仕事までしなくなってしまう。そこで解雇を言い渡され、出て行くよう言われても、「行かずにすめばありがたいのですが」と居座り続ける。そのため、逆に雇い主が事務所全体を移転することになる。それでも一人バートルビーは動かずに居続けたので、警察を呼ばれ、刑務所に入れられるのだが、食事をすることも拒んで、死ぬことになる。

最後に、その事務所に来る前のバートルビーは、宛先に届かない郵便物（デッ

ド・レター）を集めるところで働いていたことが明らかにされる。

バートルビー自身が、どこかに届くことを拒否しているかのようだ。ただひたすら、それ自身に回帰し続けるようなあり方で。

そして僕もまた、僕がアメリカに届くことを拒否したいのだろうか。アメリカに、あるいは、移民の国としてのアメリカが象徴するグローバルな解放圏に「届かずにすめばありがたいのですが」ということなのだろうか。

だが、届いてしまう部分がある。何か出来事が起きてしまう。自己回帰するだけの存在が、そうでありながら、誰かに出会ってしまう。タガが外れる。くしゃみをする。くしゃみが爆発し、境界線が吹き飛ぶ。Bless you.

だが、あなたを祝福せずにすめばありがたいのですが。I would prefer not to bless you.

警報

昨夜から、近くの工場でビービー、ビービー、と音が鳴っている。警報器だろう。止める人がいないらしい。That's all night. Annoying! 家主はもう警察に連絡したと言う。一緒に外に出ると、近所の人が車に乗るところで、家主が声をかける。「Hi friend, あの音は何だい」「ああ！ 眠れなくて参ったよ！」

西洋に来ると、ビープ音の類いが耳にきつく感じる。大学のエレベーターも止まるときにビーッと鳴る。バスが止まる音。救急車やパトカー。日本のそういう音はもっと「ふわふわ」していると思う。西洋の音は一直線に飛ぶ。一発で獲物をしとめる弾丸のような。蟬の鳴き声も直線的だった。

その夜は、家主からピンク色の耳栓をもらって寝た。形からしても、まるで乳首のようだった。そして夜中にいったん起き、タバコを吸うためにテラスに出ると、もうビープ音は跡形もなくなっている。朝、家主は先に出かけていた。コーヒーを淹《い》れて、バナナを食べ、またテラスでタバコを吸う。風がある。遠くにカモメのような声も聞こえる。ここは海から遠くない。ゴー、ゴー、ゴーという音。ゴースト。喉が風洞となるこの音。抜けていく。通り抜けていくもの。通り抜けていくということ。アメリカのゴーストとは何か。それは何かに「宿る」霊ではない。巨大なプロセスなのだろうか。タバコを消して部屋に戻ると、部屋の空調もゴー、ゴーと鳴っている。

昼は大学の共同研究室で作業し、Lyftで車を呼んで夜戻ると、家主のボーイフレンドが来ていた。ガラスのテーブルを囲んで三人でおしゃべりする。神経質そうな人物だった。家主は見たところゲイだとはわかりにくいが、この人物はいくらか「ほげて」いる。身ぶり手ぶり、話し方、表情のつくり方。

家主がかつて共に息子を育てたパートナーとは、別れたのだそうだ。いまはこの人物と付き合っているらしい。

という経緯がわかった後で、家主は僕に「結婚してるの？」と訊く。No.「ガールフレンドは？」No. それで結局、伏せておくつもりだったが、「僕もゲイなんだよ」と白状した。早く言えよ！　と二人は笑い、あらためて乾杯する。

ボストンのゲイライフについて。もちろんゲイバーやクラブがある。出会い系アプリがよく使われている。ボストンでの cruising（ハッテン）の事情はどうなのだろうか。bathhouse（ハッテンサウナ）はもう市内にはない。法で禁じられた。郊外に行けばあるらしい。「bathhouse はアプリに取って代わられたんだよね？」と確認してみる。そうそう。

前に泊まった白人のゲストと人種問題でやり合ったんだ、と家主は言う。その人物はバスケをするのだが、黒人からしばしば「白人はバスケはできない」とバカにされるのは「逆レイシズム reverse racism」だと言ったそうだ。家主はそれを批判した。なぜなら、レイシズムとは「構造的」なものだからだ。それを受けて僕は、「だから、非対称的な社会的条件 asymmetrical social condition が問題なんだよ

ね」と言った。そうだ。そしてそのゲストに、「君はレイシストじゃないと思うが、だとしても、そう見なされるよ」と告げたという。

このconstrueという動詞が印象に残った。これは受験では出てこなかった単語で、大学に入ってから文献を読んで覚えたものだ。もし受験英語で英語の勉強をやめていたらこのconstrue asの人種問題の機微がわからないのだ。少しぞっとした。

息子は素行が悪かった。それで、ちゃんと勉強して大学に行くか、そうでなければ軍に入るかだ、と宣告した。息子は軍人になり、日本に配属された。「北朝鮮のミサイルは大丈夫なのか?」と家主は眉をひそめる。「あれは本気じゃなくて、アメリカへの圧力だし、日本人はあまり気にしていない」と答える。日本は強い対応をとるべきだ、と言いたげな口ぶり。「日本の真上を飛んでくんだよ、落ちるかもしれないだろ、だいたい北朝鮮のミサイルなんだぜ?」

日本では、反差別を訴えるならばリベラルな立場であり、それと、国防に積極的な発言は不協和だろう。この家主は、移民として、黒人として、ゲイとしてアメリカに暮らし、差別なき社会を願っているが、差別なき社会を軍事力で守ることに迷いがあるようには見えなかった。

僕は日本の自衛隊について説明する。

自衛隊は正式な軍隊ではない。この事実を二人とも知らなかった。

アメリカの一般の人は、日本の憲法九条と自衛隊をめぐる事情など知らないのが普通なのだろう。日本が戦後、対米従属の独特の論理に置かれてきたこともおそらく知らないのだ。二人は日米安保条約も知らないようだった。というか、極東の島国なんぞに興味があるほうが変なのだ。日米安保条約は英語で何と言うのか、すぐにウィキペディアで検索した。

自衛隊が曖昧な存在であることが戦後日本の重要なポイントで、日本は「宙づりsuspended」で、「半分去勢されたhalf-castrated」国みたいなものだ、と僕は説明した。日本は米軍の傘に入っている。世界のパワーゲームに直接触れないで済むようコンドームを被っているような状態。そのことが、日本のポップカルチャーのあり方にも関係している。日本は、リアリズムの手前で「ヴァーチャルなもの」を展開する国だ。でも、いまは転換期にあり、右派と左派が日々ぶつかっている。そういうことをなんとか英語で説明した。

故郷を離れ、多重のマイノリティとしてアメリカを生き抜いてきたこの人物を前に、日本のきわめて平凡な地域で生まれ育った僕が言えることは、日本のきわめて平凡な地域がなぜ世界の荒波から守られてきたのか、ということだった。

トリニダード・トバゴは貧しかった、と彼は言う。I need to succeed だった。自分に言えること、自分が言うべきこと、それは何なのか。明確に。ほのめかすのではなく。シンプルに。一直線に。ミサイルのように、だろうか。

翌日の昼前に、これから出かけるよ、と告げようとして家主の部屋をノックすると、入れよと言われたので入ったら、家主とボーイフレンドが半裸で一緒にベッドに入っていて、びっくりしてしまった。

自己紹介

ライシャワー研究所では日本に関する研究発表が定期的に行なわれる。その日は、若い女性の人類学者が猫カフェのフィールドワークについて報告した。

彼女によれば、猫カフェによる「癒やし」は、現代日本においてシリアスな意味を持っている。そこには、何らかの生きにくさを感じる人や抑うつ状態の人も集まっており、猫と遊ぶことで、実際に回復を促されている。

猫との関わりには人間による支援とは異なる何かがある。そこでは、一時の気晴らし以上の、深いレベルで心を助ける出来事が起きている。というか、一時の気晴らしだからこそ心が助けられるのだ、ということなのかもしれない。

現代社会、とくに同調性が強く求められる日本では、できるかぎりいつでも細かく人に気づかいをしなさい、という、関係性の規範から来るストレスが増大している。僕はそうした状態を「接続過剰」と呼んできた。ところで、猫は気まぐれで、人にくっついたり離れたりする。関係したり無関係になったりする。だから、猫と遊ぶことは接続過剰の緩和になるのではないか。猫カフェが提供するのは「無関係による癒やし」なのではないか。と僕は発言した。

終了後は発表者を囲む食事会があるのでぜひ参加してほしいと誘われていた。少し離れたところにある小ぶりな煉瓦《れんが》の建物に移動する。これがファカルティ・クラブ（懇親のための施設）です、と教えられる。

ディズニーランドのホーンテッド・マンションめいた厳粛な十九世紀風のホールから細い階段で二階へ上がり、廊下の行き止まりの個室に入ると、大きな丸テーブルにセットされた銀食器が目に飛び込んでくる。その上には、ブドウの房のようにシャンデリアが垂れ下がっている。本格的なディナーが行なわれるらしい。

全員が着席してすぐにパンが運ばれてくる。

この会を主宰するのは、コンビニの専門家のホワイトロー先生だ。その隣に今日の発表者がいる。他にポスドクの研究者が何人かと、客員研究員。日本人が猫カフェで癒やされているのなら、アメリカでは何がその機能に当たるんですかね、と訊いてみた。すると誰かが、ドラッグですよ、と答える。

メインディッシュは牛肉の煮込みを選んだ。

最初はサラダから。チーズを振りかけたシーザーサラダ。味は普通。そして赤ワインが開封され、少し飲み始めてから順番に自己紹介をすることになった。名前、所属、現在の研究。ごく普通の流れだ。だが、儀礼的な場でスピーチとして英語をしゃべるわけで、僕は緊張し、猛スピードで構文を考えていた。

すぐ順番が回ってきて、勢いよく口を開くと、ここに来た制度的事情、フランスのポスト構造主義およびそれ以後の状況が専門であること、アメリカの研究者と日本の現代思想について議論するのが目的であること、などをスラスラと説明できた。僕は高揚した気持ちだった。

次の人物は、ばつが悪いような笑みを浮かべ、咳払いをしてからしゃべり始めた。すると、突然ホワイトロー先生が無言で立ち上がり、壁にある油絵の前に行き、額縁に触れて、一歩下がってまた眺めて、首をかしげ、席に戻った。

「すいません、どうも額が傾いてるみたいだったので」

一同が笑った。これがどういうジョークなのか、よくわからなかった。

アレックス

十月の最後の週は、アレックスの家に泊めてもらえることになった。ロクスベリーからケンブリッジに戻ってきて、アメリカの格差の一端がわかる。ケンブリッジは高級な地域なのだろう。

紅葉が始まったばかりで、下の葉はまだ緑色だが、上に行くにしたがって黄、赤と変化していく。木立の向こうにラベンダー色に塗られた家があり、その壁面には木々の影が網のようにかかっている。日本とは異質な色彩だ。それで、小学生のときに叔母にもらったフランス土産のパステルを思い出す。名を呼びがたい緑や茶の中間色がたくさん並んでいた。異国の植物の色だ、と思った。

待ち合わせの時間になるまで、途中にあるカフェでエスプレッソを飲む。白を基調とした北欧風のようなカフェで、そのエスプレッソはDarwin'sよりもさらに酸っぱかった。豆のジュースのようだ。いかにもスタバ以後の「サードウェーブ」という感じ。こういう味にアメリカのインテリの価値観があるのだろう。しかもそのエスプレッソに炭酸水がついてくる。ヨーロッパ的な重たさとはまったく逆向きだが、そのフルーティーな味を炭酸水で洗い流すのが心地よい。これまでのコーヒー観にしがみつく必要もないな、と思い始めていた。

アレックスとパートナーの里奈さんが、「課長」という名の愛犬を連れて登場し、家まで案内してくれる。本とDVDに囲まれた空間。分厚い無垢《むく》の木のテーブルがあり、そこに里奈さんが食事を用意してくれる。ごはん、ワカメの味噌汁、ひじき、じゃこ。アメリカに来てからすでにラーメンは食べたが、典型的な朝ご飯のような和食はこれが初めてで、その塩気をとても新鮮なものに感じる。

ICE

「課長」は家に残して、レッド・ラインの隣の駅、ポーター・スクエアまで歩いた。月末から住む物件はその近くにある。ケンブリッジが隣のサマーヴィルに接する端っこの地域だ。ポーター・スクエアの駅を出てすぐにレスリー大学のサテライト施設があり、アレックスの希望で、そこで開かれている同人誌即売会を覗いた。フランスのバンドデシネのような雰囲気のアートっぽいオリジナル作品が多いようだったが、日本のマンガ的なキャラクターのものもあった。年齢もエスニシティも多様な人々で賑わっており、作風も統一性がなく、西洋的だったり日本的だったり。何でもちゃんぽんになっているというか、それぞれの享楽をただそれぞれに肯定している。というのが、アメリカだということなのだろう。

その施設の一階には、細い通路に沿って、夜市のようにテーブルが並ぶエリアがあるのだが、驚いたことにそこにあるのはすべて日本食の店だった。北海道味噌ラーメン。カツカレー。うどん屋。奥には、一軒だけ完全に壁で囲まれた居酒屋がある。日本に戻ったみたいだが、しゃべっているのは英語だから、どこにいるのかわからない。なぜここに日本食店が集まっているのだろう。ともかく、この駅を中心に暮らすことになるのだから、食べ慣れた味で気晴らしができるわけだ。それでひと安心した、というか、賭けに勝ったような気持ちになる。

遅いランチのために、皆でハンバーガーの店に行く。この高く積まれたハンバーガーを手で食べることができない。僕はナイフとフォークを持って、まずてっぺんのパンを外し、肉と土台のパンを一緒に切って食べる。そうすると、脇によけておいたてっぺんのパンをどのタイミングで食べるかが問題になるが、合理的な解決策がまったく思い浮かばないのだった。

店内のテレビには黒人アメフト選手の体が映っている。巨大な拳のようだ。

アレックスは手で食べる。何かコツがあるのか、これほどの高さのあるハンバーガーを僕が日本でモスバーガーを難なく食べるときのように食べている、ように見える。アレックスはザルテンという名字が示すようにドイツ出身だが、育ちはアメリカなので英語は完璧だし、アメリカ文化の事情にも詳しい。

この国ではハンバーガーは焼き方を注文する。それはもうわかっている。里奈さんはウェルダンと言った。妊娠しているからだ。生ものを避けるということに彼女自身よりアレックスが神経質なのだと里奈さんは言う。女性は妊娠すると生ものを食べられないのだ。ということを、この日まで僕は知らなかった。

性

夜、二階の部屋から降りてくると、アレックスと里奈さんがソファに並んで映画を観ているので、僕もそこに加わる。アレックスと僕はビールを飲む。細長いバドワイザーの瓶。美味しくないけど、とアレックスが付け加える。やはりドイツ人はビールには一言あるのだ。

謎めいた人物たちのSM的な場面があけすけに映し出されている。昔の日本のアングラ映画？　いまではこんな性描写はできない。たぶんアレックスの研究対象なのだろう。寺山修司の映画です、日仏合作の『上海異人娼館　チャイナ・ドール』

という作品なんですよ、とDVDの箱を渡される。異様に暗い目元をしたヨーロッパ人らしき俳優に鬼気迫るものがある。クラウス・キンスキーというドイツの怪優だという。ハンガリーの作曲家リゲティの目に似ている。そのピアノ曲の、すぐ隣の音がぶつかって潰れる異様な不協和音を思い出す。

「あ、ピーターですね」

退廃的な娼館を取りしきる人物の役で、ピーター(池畑慎之介)が出演している。

「日本だと、ピーターのような存在はどういうものなんでしょう」

と訊かれたので、深く考えず、一種のトランスジェンダーだと思いますがと答えると、アレックスは、「トランスジェンダーというのは日本の概念ではないですよね、外から持ってくるのは違うんじゃないでしょうか」と疑問を呈する。いや、英語圏の概念だけれども、普遍的なものとして言われてるんじゃないですかと続けると、それでも、「日本には日本の捉え方があるのでは」と言う。

日本では、英語圏の考え方を導入して、遅れているLGBTの権利保護を進めようという動きが盛んだ。だが単純にそれでいいのだろうか。トランスジェンダーのような概念の背後にも、歴史地理的な特殊事情がある。日本人は、西洋の理論を「普遍視」しすぎる。ジェンダーやセクシュアリティの理論を、日本の文脈の特殊性において立ち上げ直すことはできるのだろうか。

性のアメリカ的分類をそのまま適用したり、あるいは細分化したりハイブリッドにしたりするのでは取り逃がしてしまう性のあり方が、日本や中国などにはあるのではないかという視点。アメリカ的分類を無理に使うことで、日本の当事者がかえって悩みを深くする可能性もあるかもしれない。

アレックスがお昼ご飯を作ってくれる。冷製のクスクス。缶詰のひよこ豆、生野菜、アボカド、ナッツをオリーブオイルと粉チーズであえて、クスクスと混ぜる。優しい甘みとコク。これは一人暮らしが始まったら作ってみたい。ひよこ豆は高タンパクで糖質も十分、脂質は少なく、理想的な食材だ。日本のスーパーでも缶詰で売っていてほしい。

アメリカではいろいろな問題の根底にrace（人種）の問題がある、とアレッククスが説明する。人種差別とは「問題中の問題」なのだ。ジェンダーやセクシュアリティの問題も、人種差別の乗り越えをベースに考えられている。そこに特殊アメリカ的なものがある。だが、人種とジェンダーの相互依存性がどうの……という話をもしアメリカで学生相手にしたら、「だから何だ、何が言いたいんだ」と食ってかかられるだろう、とも言う。学生にそんな複雑な話はできない。「差別反対！」というシンプルな主張が最優先だ、というわけである。

アメリカのどこかの学会誌で、もっとアクティビズムからアカデミズム寄りにしたほうが性の研究はおもしろくなると誰かが言って、それが叩かれて、という論争があった。トランプ以後、現実問題に取り組む研究でなければ意味なし、というアクティビズム傾向が強まったことへの反発が出てきている。日本ではどうか。現実問題へのリベラルな批判を優先したいインテリが増えたとは思う。が、僕の知るかぎり、そういう状況への再批判が学会誌で話題になるほどの次の「一周回って」にまでは進んでいない。

ザルテン家の朝は早く、まだ暗いうちに三人で朝食を共にするのだが、朝食をたくさん食べる。代わりに夜は軽食。朝からトマトのパスタを食べたりする。課長が外に出ないよう制止しつつタバコを吸いに出るのが気まずい。

午前中はDarwin'sに寄ってから共同研究室へ。このところは、ハーバードが加入している電子ジャーナルから必要な英語論文をどんどんダウンロードしている。法外な契約金がかかるので、日本の職場からはアクセスできないジャーナルも多い。電子ジャーナルビジネスには、英語だけで何でもやれるのだ、という傲慢さが満ち満ちている。

かつてケネディ大統領も通ったという歴史ある精肉店が近くにある。六〇年代のアメリカにフランス料理を導入し、料理番組を通じて家庭料理に多大な影響を与えたジュリア・チャイルドは、アーヴィング・ストリートに住んでいて、その肉屋で買っていたのだそうだ。最後の夜はそこで買ってステーキを焼きましょうか、とアレックスが提案してくれる。

何かお礼をしようと、ボストンの街中に出たついでにマカロンとチーズを買った。過剰に鮮やかなピンクとグリーンのマカロン。それと、地元の牧場のものらしいウォッシュタイプのチーズ。フレッシュチーズには菌がいるから、妊娠していると食べられないということに、この段階では気づかなかった。

夕方に待ち合わせをしてアレックスと一緒に肉屋のなかを見て回る。カンガルーとかアリゲーターとかエキゾチックなものもあるんですよ、とアレックスが冷凍庫のなかの黒っぽい塊を指差す。でも、こういうのはどうなのか、と批判を受けて、前よりも減ったみたいですね。

サーロインを分厚くカットしてもらう。厚みの基準が日本とまったく違う。

焼くのは上手じゃないんですがと謙遜しつつ、アレックスは慣れた手つきで弱火でステーキを焼き始める。里奈さんはウェルダンだ。お腹に子供がいる彼女はタンパク質を必要としているから、「お肉だ！」と喜んでいた。私は食べたいんだけど、でもアレックスは普段あまりお肉は食べないのよ、と言った。

Porter Square

十月末に、ハーバード・スクエアの隣、ポーター・スクエアの賃貸に入居。ケンブリッジからサマーヴィルに入ってすぐのところだった。

地下鉄から十分ほど大通りを歩いて住宅街に入る。辺りの家々は黄色とか水色とか愛らしい色で、かぼちゃの頭をした人形、箒《ほうき》を持った魔女などハロウィンの飾りつけも見える。子供の頃に観たスピルバーグの映画を思い出すような、想像通りのアメリカの住宅街だった。どの家にも庭がある。だが、僕が住むことになるのは少しみすぼらしい家だった。ドイツの田舎にありそうな三角屋根で、赤茶の塗装が色褪せている。庭はあるが、枯れ葉が積もっており、暗い緑色の針葉樹がある。その屋根の下、天井が三角形のストゥディオに住む。

月に2300ドルである。南青山のマンションに住めるな、と思う。

緑色の絨毯《じゅうたん》が張られた階段をぐるぐる回って最上階へ上がる。屋根裏なのでひどく熱がこもっている。内見していたら、それで悩んだかもしれない。他に費用的に可能な候補はなかった。慣れるしかない。

ベッドがとても大きい。それはラッキーだった。日本のダブルサイズより大きい。これがアメリカの基準なのだろう。マットレスはふかふかで、体が沈む。

屋根の形そのままの三角形の天井には天窓が二つあり、帆のように白い布が張ってある。そこから柔らかく濾過《ろか》された光がベッドに降り注いでくる。その帆の隙間に目をやると、窓は鮮やかな青一色の長方形だった。秋の空なのだ。

換気をどうしたらいいか。天窓は開けられるようには見えない。

ベッドの頭側の壁にはひとつ窓があり、上にスライドさせる形なのだが、固くて少ししか開かなかった。ベッドの左隣には簡易なキッチンがある。そしてキッチンのすぐ横が洗面所の入り口になっており、その奥がシャワー室だった。

洗面所の天井も三角形で、やはり天窓が二つあり、レバーが付いている。それを回すと、大きく押し開けることができた。ここから熱気を逃がせばいい。

ロクスベリーの部屋を出るときに家主が、ゲイの友人たちとハロウィンパーティーをするから来てよと誘ってくれた。入居の翌日がその日だった。でも、この一ヶ月の移動生活でひじょうに疲れていた。ただ眠りたかった。悩んだが、お誘いは辞退することにした。「本当に疲れてしまって、ごめん」と正直に伝えた。

駅から家へ歩く途中には、Yume Wo Katare（夢を語れ）というラーメン屋があって、昼も夜も行列している。アレックスが言うには有名店で、ラーメン二郎みたいなスタイルらしい。

入居日の夜は、レスリー大学の施設で見つけた居酒屋に行くことにした。Wafu-Ya（和風屋）という店名で、寿司を出すカウンターがあり、向こうにテーブル席が見える。テレビには日本の番組。流れているJ-POPはEXILEだろう。「いらっしゃいませ！」だけは日本語で、それからは英語になる。白い割烹着を着た店員、木のカウンター、冷蔵ケースに並ぶ魚の切り身。僕はひどく興奮する。ここに通えば、残りの三ヶ月も難なく耐えられるだろう。

サッポロ黒ラベルの小瓶と、五本セットの焼き鳥を頼んだ。ビールの値段は日本並みだが、焼き鳥はセットで11ドル。本当の味だ。続けて5ドルの一番安い冷酒を頼んだ。うまいのかまずいのかわからないが、十分楽しめた。

長く長く眠った。

昼前に起き、ツイッターを見ていたら、建物全体を引き裂くかのようにビーーーと警報が鳴り出して、デスクライトが消えた。停電した。

一階へ降りて、入居時に廊下で会って挨拶をした住人の部屋を訪ね、状況を話す。その部屋も停電していた。彼が管理会社に電話してくれる。そして一緒に地下室にあるブレーカーを見に行く。配電のスイッチに異常は見当たらないが、警報のスイッチがオンになっていた。瞬間的にさまざまな可能性を考えた。通電は回復できないが、警報を止めることだけはできそうだ……。が、彼はすぐにパチンと警報のスイッチを弾き、音が止んだ。停電したままだが、音は止んだ。

僕にはもやもやした気持ちが残る。でも気にしても仕方ない。それから一時間くらいで担当者が到着し、屋外にある電気メーターの表示がゼロになっていると教えてくれる。元から電気が来ていないので、この家の問題ではなく市の問題だ、市が対応に当たるはずだから待機するように、と言う。

部屋に戻り、そのことをツイートしている途中でデスクライトが点灯した。

夜は雨になる。雨粒がバラバラと天窓に叩きつけている。もし天窓がなかったらこんなに音はしないはずだ。「雨が降る」という出来事を確かに感じさせる音の大きさで、雨粒が叩きつけていた。

シャワーを浴びた後、バドワイザーを飲みながらツイッターを眺め、そして寝る。アメリカに来てからずっと朝にシャワーを浴びていた。夜寝る前に入浴するのが日本での習慣だったが、この一ヶ月は酒を飲んですぐ眠っていた。

最初は地ビールがおもしろかったけれど、その後はハイネケンになり、今度はバ

SAPPORO
PREMIUM BEER

ドワイザーを買ってきた。アメリカのいわゆる地ビールはスパイスとか果汁とか入っていていかがなものか、とアレックスに言われた。ビールに香りづけするのもおもしろいのだが、サングリアみたいだ。ドイツには中世以来、ビールは麦とホップと酵母と水以外は使ってはいけないという法があるのだそうだ。

Turkey Sausage, Egg and Cheese

この家が、ポーター・スクエアの次の駅、デイヴィス・スクエアとの中間にあることは地図でわかっていた。だが、出不精なので確めていなかった。前の通りを先へ歩くだけなのだが、その程度の「冒険」もしていなかった。

ある日、気が向いて行ってみると、デイヴィス・スクエアのほうがずいぶん近い。しかもポーター・スクエアより賑やかで、ハートウォーミングな町なのだった。スーパーへ行くにもラクだ。bfresh というセルフレジのスーパーがある。その店内でつながっている隣のダンキンドーナツに毎朝通うことになった。

ボストンがそうなのかもしれないが、アメリカでいたるところにあるザ・ファストフードは、マクドナルドよりむしろダンキンドーナツである。

ターキーのソーセージというかハンバーグと、目玉焼きとチーズを、「フラットブレッド」という四角形のパンで挟んだものを毎朝食べる。何で挟むかを選べるので、ベーグルにするときもある。アイスコーヒーは、紅茶みたいな明るく赤みのある色で、酸っぱい。日本のアイスコーヒーというのは苦い飲み物だった。

デイヴィス・スクエアの近さに気づく前に、ポーター・スクエアにあるジムに入会していた。なんとなく治安が気がかりな感じの薄暗さで、マシンは錆《さ》びついているのもあり、だからなのか会費は月に20ドルと安い。

そこに何回か通った後、デイヴィス・スクエアに行ったら、もっと近い距離にもっと現代的なジムがあったので、見学したいと申し出た。すると、最初に名前や住所をタブレットで登録させられ、スレンダーな黒人女性に連れられて設備をツアーし、そして一週間のキャンセル期間付きということで契約を迫られる、というスピーディーな流れだった。入会するつもりだったからいいのだが、あまりに無駄がないので当惑する。最後にクレジットカードを通して完了。

ジムのロッカーに鍵がない。ドラッグストアで南京錠を買ってきて使う。このことにも驚いたが、もっと驚いたのは、着替えをするロッカールームが土足で、土足のその空間にシャワーブースもあり、素足になってシャワーを浴び、素足で戻ってきて靴下を履く、ということだ。足の裏の清潔感覚が日本とは違うのだろうか。ここでシャワーを浴びるのは無理だ。

日本ではコンビニがひとつあれば生活のセットアップが可能だが、アメリカでその機能を持つのは、コンビニではなくドラッグストアなのだとわかった。たいがいのものが売っている。食品もあるし、簡単な衣類もある。ダンキンドーナツで朝食をとり、スーパーとドラッグストアに寄ってから家に戻る。

卵を買ってきて、目玉焼きにするためにフライパンにオイルを垂らし、電気コン

customer info center

ロのスイッチを入れて、もう一度冷蔵庫のほうへ行った。そのときに猛烈な音量でピーピーと警報が鳴り始めた。フライパンから煙が出ている。オイルが焦げている。そんなに長く目を離していたとは思えないので混乱しながらとにかく対処したが、警報は止まらない。センサーが煙に反応しているのだから換気すればいいと気づいて、開けられる窓をすべて開けて、「止まれ、止まれ」と念じて待っていると、やはり止まった。

定住すると食べものは一定になる。

最初は目玉焼きを作ったり、ショートパスタを茹でたりしていたが、面倒になった。タンドリーチキンやローストビーフをよく買っている。チーズは、フランスでは定番のPRESIDENTという別にうまくもないカマンベールがあるが、輸入品なのでバカ高い。当然だが、パリはチーズが安かった。

おいしいと思えるパンがない。一見フランスのパンみたいに見える、ずんぐりと丸いパンを買ったが、強い酸味があってびっくりした。いったい何なのかとラベルを見ると、sourdoughとある。読み方がわからない。検索すると、「サワードウ」と読むらしい。発酵のやり方のために、乳酸の酸味があるのだという。アメリカではよく食べられているようだが、僕の口には合わない。サワードウでないことを確認し、ニンニクのかけらが混ぜてあるものを買ってみたら、生地の味がプレーンなので、毎回それを食べることにした。何個か袋に入っている安いマフィンも買ってみたが、これも変に酸っぱい臭いがしてダメ。スーパーの量り売りのサラダバーは、チキンなどタンパク質もあるので十分食事になるが、味つけが僕にはどうも酸っぱい。アメリカの酸味。エスプレッソの酸味。それから地ビールも酸味がある。日本のビールは酸味を欠く。

ジムの向かい側に日本食屋がある。中国人が経営している。その他にも蕎麦屋があるようだ。日本食はアメリカでこんなにも身近なのかと驚いている。

メニューは英語で、日本の文字はどこにもない。空間の奥からは中国語が聞こえる。という状況で、チキンカツにカレーソースをかけたランチを食べる。揚げ餃子や巻き寿司も付いてきて9ドルほど。巻き寿司はたんにMakiと呼ぶ。ここにはラーメンもあり、味噌ラーメンなのだがとても辛く、八角風味の牛すじの煮込みが入っており、チンゲン菜が彩りを添えている。これはお腹が温まる。そろそろ冬になり始めている。

柿食えば叶《かのう》姉妹に鐘が落つ

社交空間

十一月の後半にライシャワー研究所主催のパーティーがあった。場所はLoeb Houseという瀟洒《しょうしゃ》な建物で、昔は学長の住まいだったという。まずシャンパンを片手に立ち話をする第一の空間がある。そこに、物々しいマントルピースのある小さな部屋がつながっていて、その奥に大広間があり、銀食器を並べた丸テーブルがいくつも準備されている。しばらくして合図が告げられると、知り合い同士が自然とグループに分かれて着席していく。僕は共同研究室でときどき一緒になる日本人研究者たちと同じテーブルに入ることにした。

会が催されたのは、所長のテオドル・ベスター先生が日本政府から褒章を受けたというのが主な理由のようだった。丸々とした体で顎髭を長く垂らしたベスター先生は、築地市場のフィールドワークで知られる著名な日本学者。そのお祝いとしての特別な会なのか、冬が始まるこの時期に社交の場を設けるのが慣わしなのか、わからなかった。

隣の席の人物が、マサチューセッツ北部の港町の話をしてくれる。そこでは獲れたての魚介類が豊富に食べられる。そのまま食べられる二枚貝もある。二枚貝を生で食べたことはたぶんないな、と思う。

サラダが来て、仔羊のローストが来た。赤ワインを飲む。前にファカルティ・クラブで懇親会に参加したときも、料理は二品、それにデザートだった。

大学人の社交には慣れているつもりだが、日本のそういう機会よりずっと歴史の重みがのしかかってくる感じがある。建物の厳めしさのせいだとは思うが。こういう重みが昔からの積み重ねとして存在するということが「エスタブリッシュメント」なのか、と思う。それを建築が体現している。

「こんなところに来ると、トランプが当選する理由もわかりますねえ」

と、僕は隣の日本人に言った。

「ふふふ、同じこと考えてたんですよ」

はるか昔から積み上げられてきた教養の壁のなかで結束するインテリと、その壁の外部にいる人々。という厳然たる分割がある。

タバコを吸いに出るときに、廊下で「千葉さんですよね」と白人男性に話しかけられた。誰なのかわからない。すると、宇都宮高校で英語を教えていたマシューです、と言う。驚いた。確か二人目に来たＡＬＴ（Assistant Language Teacher）の人で、ときどきサブカル的な話をしてくれるからおもしろいと思った人だ。マシューさん。昼休みの特別授業でローリー・アンダーソンのパフォーマンス映像を見せてくれて、生意気な高校生としては「なかなかやるな」と思ったのだった。

よく覚えてますよ、とマシューさんは言う。「歴史上の人物で誰か会いたい人はいますか」と授業で訊いたときに、千葉さんは「ジル・ドゥルーズ」と答えたんです。そのことを印象深く覚えています。

ドゥルーズが亡くなったのは一九九五年十一月で、衝撃的な自殺のニュースをどこから聞いたのを覚えている。おそらくドゥルーズの死のすぐ後に、僕はそう答えたのだろう。だから、高校二年の冬か、高校三年になってからだ。

あれからドゥルーズでPh.D.を取ったんです、と報告した。

初めて知ったのだが、マシューさんは実は日本の漢詩文の専門家だった。そういう研究者の卵が栃木県に教えに来ていたわけで、世界をまたぐ奇妙に偶然的な縁が、というか、縁がありながらも互いにまったく無関係の部分もあったということが、感慨深い。名刺によれば、ブランダイス大学に勤めている。検索してみると、ここよりも内陸のウォルサムという地域にある大学だった。

無関係

ＢＬマンガを研究している溝口彰子《あきこ》さんがボストン大学でのワークショップのために日本から来るというので、僕を誘ってくれた。主宰はキース・ヴィンセント氏。九〇年代に日本に滞在し、日本でのゲイの権利運動を本格化させた人物で、一度挨拶を交わしてはいたが、きちんと話したことはなかった。

一応「倒錯」が全体のテーマとして掲げられていたものの、三人いた発表者はバラバラの話で、それぞれの現状報告という感じだった。この空間ではどういう政治性が暗黙の前提になっているのかを、速いアメリカ英語の隙間でなんとか推測しようとしたが、難しかった。

終了後はスペイン風の飲み屋に移動して打ち上げだった。

キースさんは周りの人たちに、僕を「いま日本で一番注目されている」とか何とかやたら褒めて紹介したのだが、白々しくて、この人は僕にどういう予断を持っているのだろうと訝《いぶか》しく思った。

僕はキースさんの隣に座り、積極的に話すことにした。

いまはどういう関心を持っているのかと訊かれたので、僕はこのところ無関係nonrelationについて考えている、と伝えると、キースさんの態度が一瞬で硬くなる。「無関係？　どうしてそんなことを考える必要がある？」と、渋い表情で叩き落とすように言った。僕は一瞬で不愉快になった。

関係すること、話し合って共に考えることが必要なんじゃないですか？　無関係が何のためになるのかわからない。何のためなんですか。こうして私と千葉さんも関係しているじゃないですか。

何のためなのか、と必要性の説明を強く求めてくる。

僕は「思弁的実在論Speculative Realism」というロンドン発の現代思想のムー

Taberna de Haro

ブメントを日本に紹介しながら、無関係の哲学とでも言うべき方針でものを考えてきた。カンタン・メイヤスー、グレアム・ハーマン、レイ・ブラシエ、イアン・ハミルトン・グラントという四人の哲学者によって開始された思弁的実在論は、真に存在する、実在するものは、絶対的に非人間的なものであると主張する哲学上の立場だ。実在は、人間にとって意味が理解できる範囲の外側にある。私たち人間にとって for us というあり方ではなく、それ自体として in itself 存在する実在は、人間にとっては絶対的無意味なのだが、その絶対的無意味の実在の上に、それを素材として人間的意味が構築されている。

思弁的実在論がそのように問題にする実在を、僕は「人間にとって無関係なもの」と捉え直し、そして、そもそも無関係性とはいかなることなのか、という思索を行なってきた。

僕はメイヤスーなどの思弁的実在論の議論を日本に紹介しており、それを受けて無関係の哲学ということを考えているんです、とキースさんに説明する。すると、なぜそれを紹介するんですか、と問われる。まあそれは、フランスのポスト構造主義以後の最も目立つ新しい動きだからです、と形式的に答える。それの何がおもしろいんですか、と問われる。僕は説明する気がなくなった。

キースさんが思弁的実在論をどこまで知っているのかわからないが、何か否定的印象を持っているらしいとは感じる。

僕は自己紹介として、「無関係」と書かれたカードをとりあえず出した。これをちょっといじって遊んでみませんか、という誘いのつもりで。だが、遊びに乗ってくれない。あなたに説明責任がある、というわけだ。俺を説得してみろ、俺からは理解してやらないぞ、というわけだ。ディベートである。

関係することが不要だと言いたいのではない。我々はもちろん関係するし、関係が必要なのだけれども、互いに立ち入らない部分もある、つまり、部分的に無関係もあるということが、互いの差異を尊重することに必要だという考えなんです、と説明した。これは理解してくれたが、それでも無関係というキーワードを前に出すことには抵抗があるようだった。

さらに僕は、二〇〇〇年代前半に提起された「クィア理論の反社会的テーゼ antisocial thesis in queer theory」を話題にした。

ゲイやレズビアンやトランスジェンダーなどが、蔑称である「クィア queer」(変態、おかま) という言葉をわざと自分たちを呼ぶために使うという戦略――それは、否定性を肯定性にひっくり返す戦略だ。反社会的テーゼはそのラディカルな帰結であり、クィアな者たちは社会の再生産の外部からマジョリティの社会運営に抵抗する異物であり続けるべきだ、という主張である。僕はこれをいま再評価すべきだと考えている。なぜこれが重要なのか。今日、マイノリティの社会的包摂が進んでいるのは一見疑いなく良いことに見えるが、その一方で、まさにそのためにマイノリティならではの生き方の逸脱が抑圧され、万人の標準化《ノーマライゼーション》が進んでいる、という批判意識を持っているからである。

これに対してもキースさんの表情は渋くなった。

彼は、アンチソーシャルではダメだ、なぜならサステナブル (持続可能) じゃないからです、と答える。かつては私もアンチソーシャルだったときがある、でも変わったんですよ、やはりサステナビリティが必要なんです。

僕としては、サステナビリティを全否定しているのではなく、アンチソーシャルな面も必要だということです、と言いたいのだが、うまく伝わらない。僕は相手に好意的《チャリタブル》な解釈を要求しすぎなのだろうか。

サステナビリティ優先になりすぎていて、抑圧的なノーマライゼーションが強まっているというのが僕の現状認識で、だからアンチソーシャルの再評価が必要なのだ、と説明する。だが、キースさんに言わせれば、アンチソーシャル派こそがいまでも強力なのであって、それに対抗しなければならないという。

分身（ニューヨーク1）

十一月に初めてニューヨークへ行った。日本研究者のセス・ヤコボヴィッツ氏、思想家のアレクサンダー・ギャロウェイ氏とマンハッタンで会う。

待ち時間を考えると飛行機より電車のほうがラクだろう。ボストンのサウス・ステーションからAmtrakという鉄道が出ている。新幹線みたいなもの。事前にネットで予約する。改札がなく、座席指定もないので、好きに座ってよい。予約はするが席は当日自由に決めるというシステムを、駅員とのやりとりでやっと理解した。適当に座って待っていると車掌が来るので、スマホで予約メールに記載されたコードを見せる。それで席が確定される。

クワイエット・カーという車両を選んだ。睡眠や仕事を邪魔しないためだろう、静かにしていなければならない車両。日本の新幹線にも設けてほしい。

＊

Amtrakがマンハッタンのミッドタウンにあるペン・ステーションに到着する。飛行機ならば空港から移動しなければならないが、電車で行けばすぐ大都会の真ん中だ。黄色っぽく薄暗い駅の地下空間をうろうろして、階段を見つけて外に出ると、冷たい空気が顔にぶつかってきて、視界は一瞬で拭き取られたように透明になり、ただいつも通りにそこにある繁華街に僕は立っていた。看板やスクリーンの光がピカピカし、色とりどりの防寒着の人々でごったがえしている。新宿や渋谷がただいつも通りにそうであるのとまったく同じだった。

コリアン・タウンの一角にあるホテルにチェックインし、それから書店を回った。アメリカはネット通販に支配された世界だから、この世界一の大都会の大型書店でさえも東京ほどの品揃えではない。哲学のコーナーを見ると、もちろん古典の哲学書がある一方で、フランス現代思想の英訳も揃っていて、またスラヴォイ・ジジェクの本が目立つ位置にあった。

アメリカの大学では、理系に似たやり方で研究する分析哲学が主流であり、その傾向の本もちらほら見えるが、多くはない。分析哲学の成果は論文単位で発表するもので、論文は電子ジャーナルに掲載されるからだ。この地の哲学は、重苦しい書庫で書物と格闘することではなくなっている。他方で、ネット上のデータではなく、手でまさぐる物質の世界では、フランス現代思想がそれなりのプレゼンスを持っているということらしい。

グーグルマップでホテルの近くのバーを探した。新宿や渋谷にもありそうなショットバーに入り、バーボンは何があるかと訊く。メーカーズ、と引っ詰め髪の女性が答える。他の客が騒いでいる。店内に蝿がいるらしく、ラテン系の男性が、火花が出る蝿取り用のスタンガン——そんなものは初めて見たが——をバチバチいわせて歩き回る。「向こうだ！　そっちだ！」と、マッドサイエンティストめいた長い白髪の老人がゲラゲラ笑う。大柄な黒人の店員が一緒に歩き回る。妙な興奮状態になっている。

翌朝は、ベーグルの有名店に行くために地下鉄に乗る。子供がAppleのワイヤレスイヤホンをしている。さまざまな民族が寄せ集められている。さまざまな向きでしばらく停止した表情がある。東アジア系の人がそばに座っている。これほどの多様性。それぞれのタスク。この街に、飛行機が突っ込んだのか。

紫とか濃いブルーが似合う人。日本人ではなかなか難しいだろう。この街ならば

PARKING

そういう色も不自然ではない。

せっかくなので、店のスペシャルだというスモークサーモンとクリームチーズがたっぷりのベーグルを買った。食べすぎだ。お昼はヤコボヴィッツさんとダウンタウンにあるビストロで待ち合わせだから、半分だけにしておく。

ヤコボヴィッツさんは明治期日本のwriting systemが専門で、現在はイェール大学に勤めている。彼によれば、日本語には、ライティング、ないしフランス語の「エクリチュール」に当たる概念がない。かろうじて言えばそれは、写実や写生の「うつし」ではないか、という。

「うつし」とは、西洋的なミメーシス（模倣）とは異なるものですよね、と僕は答えた。デリダが示した「声とエクリチュール」の対立を念頭に置いている。

西洋では、じかに真理を伝えるものだとされる声に対し、エクリチュール（書かれたもの）は、解釈を必要とするので誤解のもとになるから、声に対して劣位に置かれてきた。ということをデリダが論じた（『声と現象』、また『散種』所収の「プラトンのパルマケイアー」)。声は、真理の「理想的なうつし」なのだが、他方で、エクリチュールは「悪しきうつし」だというわけだ。

ドゥルーズの概念で言えば、前者は「コピー」であり、後者は「シミュラクル」である(『意味の論理学』所収の「プラトンとシミュラクル」)。

西洋的なミメーシスは、声を目指す。しかし、いま問題なのはanother mimesisですね。いわば劣位に置かれないようなエクリチュール、声を理想化しないようなミメーシスが日本では問題にされてきたのではないでしょうか。

ひとつの真理あるいは同一性を目指すことなき、分身の増殖。たとえば『君の名は。』をそういう分身性の観点から捉えることはできないでしょうか。

Lyftで相乗りの車を呼んだ。先に乗っている女性に挨拶をして隣に座ると、

「マサーヤ! マサーヤってカラテのシュッシュッとやるみたいな名前だよな! カラテやってないのか?」

と運転手がバックミラーを見ながら興奮した声を上げる。「日本人でもカラテや

ってるのなんてめったにいないよ」と僕はわざとうんざりした声で答える。隣で女性が笑う。ミッドタウンへと戻る太い道は黄色いタクシーだらけの大渋滞で、あちこちでクラクションの音が弾けている。

「そうだ、あの映画、『ベスト・キッド』だな！」

「それはパット・モリタね」と、すばやく女性客は指摘した。

Disability（ニューヨーク2）

ビルの一階にあるスーパーでタバコを買う。マルボロメンソール、ライト、とレジの浅黒い女性に言う。パスポートを出す。三個ください。

「三個も？　ねえ三個だってさ！」と後ろの金髪の女性に声をかける。

「この娘《こ》も同じの吸ってんのよ」

と、はすっぱな口調で翻訳したくなる。

ニューヨークは東京的に人がドライだ。高速ですれ違っていく人々。誰もが一方通行でヒュンヒュン走っていて、偶然のすれ違いざまだけにコミュニケーションが発生する。だが東京のほうが冷たいと思う。東京人は知らない人間に無駄口を言わない。それに比べ、ニューヨーカーの無駄口は大阪人みたいだ。ニューヨーカーは東京人を大阪人にしたみたいだと感じる。

ブラインドを上げると、ホテルの向かいにそびえ立つビルの窓々がさまざまな濃度の黄色に光っている。蜂の巣のような細胞のひとつひとつに人がいる。世界中から人が集まるスペースコロニーのようなところ。いつの時代にいるのかわからないSF的な感覚がある。僕もその細胞のひとつにいる。

ギャロウェイさんの最近のブログ記事を読んでいた。

ドゥルーズの哲学を背景とする「肯定」とか「情動」とか「出来事」といった概念を、この分断の時代に抵抗するための左派的連帯のキーワードとしてただ連発するような論調を手厳しく批判している。その手のものは無内容で、現代世界の抑圧構造に対する冷静な洞察がない。要は、とにかく気合いを入れて抵抗せよ、というだけ。そんなものは「レッドブル崇高主義」ではないか、と茶化している。あれらドゥルーズ風のキーワードはカフェインみたいなもので、テンションが上がるだけだ、というわけである。

じゃあどうするのか。ギャロウェイさんは、むしろ「否定性」への注目が大事だと言う。たんに気合いを入れてポジティブになるのではなく、否定性とどのように付き合うかが問題なのだ。関連することとして、障害disabilityや有限性の問題、アフロペシミズムの議論、フランソワ・ラリュエルの「非‐哲学」というプロジェクトなどが挙げられている。僕の関心とかぶっている。

以前、『動きすぎてはいけない』でも『勉強の哲学』でも論じた有限性の問題は、disabilityの問題につなげるべきじゃないかとツイートしたことがある。

レッドブルで気合いを入れればいいというのは、そもそも連帯の可能性は当然あるのだからあとはそれを強化《エンハンス》すればいいだけだ、ということ。我々には連帯のポテンシャルが当然ある。だがこれは、抽象的な意味での able-bodiedness（健常性）の押しつけなのではないか。ギャロウェイさんはそうは言っていないけれども、我々には連帯できない面もあるという有限性、あるいは「連帯障害」とでも言うべき否定性を考える必要があるのではないか。左派の非一致団結。我々には連帯のポテンシャルが当然あるという前提は、いわば「存在論的健常性 ontological able-bodiedness」の押しつけである。

……と、考察が進んだ。

僕が『動きすぎてはいけない』で批判した、「潜在的に世界中の誰もが関係している、接続されている」という全体論《ホーリズム》とは、存在論的なレベルでの健常性を押しつけるものだ、という意味で批判されるべきなのではないか。

マジョリティによる社会の再生産に対し、マイノリティは異物として抵抗する――それが「反社会的テーゼ」であり、その最も極端なものは、ゲイなどの存在は no future（未来なし）で何が悪いと開き直るべきだ、というリー・エーデルマンの主張だ。しかし、僕は、再生産またはサステナビリティでも、no future でもないことを考えたいのだと思う。未来という時間それ自体が partially disabled なものになる。部分的に障害を持った時間。時間それ自体の障害。未来それ自体の障害。障害を包摂する社会ではなく、社会自体の障害をより良く生きること。

反社会的テーゼに対し、包摂あるいは「新しいノーマル」の側から反対するのではなく――なんだかんだ言っても「普通の生き方」が大事だ、と一周回って主張する人たちを「新しいノーマル論者」と呼ぶことにしよう――、それを社会自体の disability 論に変換すること。

このような問題意識は、理性、推論能力、共感能力の健常性にまでおよぶ。知的障害や、サイコパスと言われるような情動の障害の問題を哲学それ自体にリフレクトさせるという思考実験を惹起《じやつき》する。障害というテーマを哲学するのではなく、哲学それ自体の障害を考えること。いわば「非健常哲学」という実験。

十一月十日――ニューヨーク大学のギャロウェイさんの研究室を訪ねる。彼とは

Wendy's

二〇一五年にメールで対談をしたので（『現代思想』二〇一六年一月号に掲載、『思弁的実在論と現代について――千葉雅也対談集』所収）、僕の関心は多少伝わっていると思う。もっと鋭角なイメージを持っていたが、実際には静かで穏やかな人物だった。坊主に近い短髪で、ロシアのモデルみたいにも見える。

行きつけだという小さなカフェに移動。ブログ記事への感想から始め、現代思想の状況についていろいろ語り合った。

彼は日本の動きも気にしており、日本にも遅れて思弁的実在論のブームが来ていることを説明した。Azuma は知っているか、興味がある、と言う。東浩紀の『動物化するポストモダン』は英訳されて英語圏の大学でもよく読まれているようだが、ニューヨークで活動する理論家のマッケンジー・ワークの近著で、現代日本の代表的知識人として東さんを紹介していたのも目に入ったのかもしれない。東さんが経営するゲンロンの活動について説明する。それから、アラン・バディウやラリュエルといった共通の興味の対象であるフランスの哲学者について理解を摺《す》り合わせる。

僕らはいずれも有限性を重視している。ギャロウェイさんとは別に、僕は僕なりにそのテーマを深めていかねばならない。有限性の哲学をある仕方で徹底するならばどうなるかを、disability の問題も考慮に入れて展開したい、という意思を表明した。英語で何か書いたならばぜひ送ってほしい、と言ってくれた。

David

週に一回くらい風が強い日がある。気圧配置が動いている感じ。これから本格的な冬になる。雪が降る。不動産屋で契約した際に、スノーブーツは早めに買ってください、降ってからでは遅いので、と言われていた。まだ買っていない。

風が屋根を擦《こす》り、ごうごうと飛行機が通過するような音がする。

セルフレジのスーパーは他人と関わらなくて済むからとても楽だ。自分が買うものをレジで見られるのが実はストレスになっていたと気づく。十二月に入ってから毎日、部屋で『現代思想』一月号の論文を書いている。書いている時期は食事が面倒なので、レンジで温めるだけのチキンティッカマサラを食べるようになった。クリームの入ったトマトソースの穏やかな酸味が気に入っている。

夜、家の前の歩道でタバコを吸っていたら、隣の家のおじさんもタバコを吸いに出ていて、片手にビールを持っていて、話しかけられた。ここから二時間くらい車で行くとスノボもできる山があるとか。山に行くといいよ、車がなければぜひ声をかけてくれ、連れて行くから。

十一月十四日——エスプレッソを頼むときに名前を訊かれたので、本名のスペルを言うのがバカらしくなり、Davidと言ってみた。怪訝《けげん》な顔をされた気もするが、日本の名前よりすぐ認識されたのは確かだ。僕はデイヴィッドになった。

書かないで書く

『現代思想』一月号の締め切りが迫っているが、書き終わらない。思弁的実在論の状況を日本の現代思想と関係づける論文で、このアメリカ滞在の成果発表のひとつ。書くべき情報が多く、流れがうまくできなくて苦労していた。

十二月一日――どう書くかということばかり数日考えている。論文の内容から離れ、書く方法を立て直そうとしている。

この数年、書くのにだいぶ苦労していた。

スランプだったと思う。ゼロから書く原稿依頼は断ることが増えていた。しゃべりを起こしてもらってエディットするのならそれほど苦労しない。『勉強の哲学』も口述でやるつもりで何回か収録したのだが、その計画は放棄され、結局ほぼゼロから書くことになった。そのときに、思考を整理するために WorkFlowy というアウトラインプロセッサを使うようになった。その執筆過程を反省する『メイキング・オブ・勉強の哲学』をアメリカに来てから編集していた。

パワーポイントの箇条書きから始めるとラクだ、というブログ記事を読んだ。わかる。「ちゃんと」文章を書こうとするから苦しむ。言いたいことをただ並べる。それはアウトラインプロセッサで効率的にできる。

書くことに、何か重たいものを不必要に込めている。だから、無理な言い方をすれば、「書かないで書きたい」のだ。もちろん書くんだけれど、でも、過剰に言語を意識しないというか、書くために書くのでなくする。

行為として。作業として。あるいはタスク処理として。

書くのではなく、「タスク処理をしていると書き上がる」ようなワークフローを実現できないか。ツイートしているときにはそれができている気がする。

『アイデア大全』で知られる読書猿《どくしょざる》さんのブログで、人類学者レヴィ＝ストロースの書き方を知った。レヴィ＝ストロースは、まず、言葉選びの正しさも、話の順序も気にせずに、タイプライターで言いたいことを一気に書き下ろしてしまう。これが「画家の段階」だという。その後に「細工師の段階」が来る。こんどは、資料や辞典を参照しながら、一気に書いたドラフトに何色ものペンで書き込みをし、不要な部分をホワイトで消し、上に紙を貼ってさらに加筆する。あたかもコラージュ作品のようになる。これが彼にとって本番の執筆だ。

この二段階の方法で大事なのは、まずは自己検閲をしないで書くということだろう。吐き出してしまう。その後の執筆は「編集」なのであって、編集的な推敲である。

逆に、最初の段階で編集意識を入れないのがポイントだ。うまく書こうという意識を遮断する。書きさえすればよい。……そうか、それが「書かないで書く」ということじゃないのか。

最初からうまく書こうとしてしまう。それがよくないというのは前から自明だった。だがそれを脱するのは難しい。

十二月二日──実験する。「レヴィ＝ストロース稿」とでも言うべきドラフトを書く環境と、編集的に書く環境を分けてみよう。別のアプリを使う。

レヴィ＝ストロースの場合は、ひたすら書き下ろす段階と、その結果をいじり回す段階が、物理的に区別されている。最初はタイプライターの作業。次に、印字され＝固定されたものの上に、手書きで、別の色で、書き込んでいるわけだ。

パソコンで書くときに問題なのは、書いたものが固定されないので、いくらでも直せてしまうこと。つねに編集意識が作動している。いったんプリントしてから赤ペンで作業すると、物理的に固定されたものに手を加えることになるが、不思議なことに、画面上よりずっと判断がしやすい。これに似たことをパソコン上で実現できないか。アプリを分ければ、似た状況になるかもしれない。

最初のドラフトには、アプリ内で複数のテキストを管理できるUlyssesを使うことにした。これが一気書き専用。次の編集段階では、Scrivenerを使うことにした。Scrivenerにドラフトを流し込み、無駄をカットし、再構成する。加筆するときには赤い文字で書き込める校正モードを使い、差分が見えるようにする。

夜は、ハーバードの大学院生たちの誘いでオイスターバーに行った。アメリカで生牡蠣を食べるのは初めてだ。当たらなければいいのだがと不安になる。牡蠣に当たったことはないのだが。帰り道でお腹がゴロゴロいって、屁がたくさん出る。フランスにもあるような丸っこいやつが甘みが強くて美味しかった。

十二月四日——「こうすべき」、「こうしなきゃ」は、定義不十分な焦りのことが多い。「これをする」、「あれをする」というタスクに変換する。肯定的な人生とは、タスク定義だ。かつ、仕事をしないでボワーッとする時間。義務の否定性から逃れ、タスクをやってそしてボワーッとする。タスク定義と余暇。

仕上げの美しさを気にする意識は、できるだけ先延ばしにする。内容がだいたい書けたなら、全文をWordに移動し、掲載時のレイアウトに近い形にして最終的な仕上げをする。このように作業段階を区切ることで、神経質な意識に最初から足を取られないようにする。

自分を責めるような「こうすべき」を最小限に減らし、それは最後の仕上げだけ

にし、途中段階で考えることをすべて「こうするのがベターだ」という建設的なものだけにする。肯定をいくつかの段階に分けて積み重ね、最後の段階でヤスリがけをする。途中ではヤスリを極力使わない。

書かないで書く。というのは、内容と形式を美しく一致させるような仕方では書かないで、書くということだ。問題は、内容と形式のバランスである。

形式の要請にできるだけ耳を貸さず、内容だけを先に書くというのが、レヴィ＝ストロース式だ。ところで、その逆も考えられる。形式を過剰にしてしまうという方法。わざとパロディ的に一定の文体を設定して、その枠内で書く。たとえば、です・ます調で、調子のよい講談を模倣して書くとスラスラ書ける。語り下ろしの仕事がやりやすいのは、形式が先に決まっているからなのだ。

内容と形式がうまいバランスで拮抗《きっこう》するように、と最初から緊張するのをやめて、一方に大きくバランスを崩してしまえばいい。美とはバランスだ。バランスを大きく崩すこと、それは、美の規範から自由になることだ。

アイデア出しにはWorkFlowyを使う。まずざっと書く作業台がUlyssesで、編集するのがScrivenerで、最終的にはWordで練り上げる。というワークフローでしばらくやってみる。

実在（ミュンヘン）

昨夜もひどく風の音がしていたが、朝起きると止んでいる。気圧が変化している。庭の土の下に敷いてあったビニールシート──雑草が生えないようにするためだろう──が醜く捲《めく》れている。いつものようにダンキンドーナツで朝食。家に戻って日本の友人と電話をし、Lyftの車を呼んで空港へ向かう。

結局『現代思想』の原稿を終えられないままで、ミュンヘンに行った。実在論をめぐるカンファレンスに出席し、そこで思弁的実在論の名づけ親であるレイ・ブラシエ氏に会うのが目的。彼の著作 *Nihil Unbound*（解き放たれた無）を日本語に訳している人物の友人なのですが、という自己紹介でメールを書き、会ってくれることになった。

ブラシエさんは以前はロンドンにいたが、いまはレバノンのベイルートにあるアメリカン大学で教えている。だから彼のほうはベイルートからミュンヘンに来るわけだ。思弁的実在論にはいろいろな立場があるが、彼は極端な唯物論を支持する立場で、人間的な意味とはラディカルに無関係な、たんなる物質の実在性について哲学している人。

ボストンからミュンヘンへのフライトは、日本からヨーロッパへ行くよりもラクだった。驚いたことに、空港のなかに、バゲージクレイムより手前に喫煙室がある。しかも複数ある。西洋ではもう空港のなかで喫煙するのは不可能なのかと思い込んでいた。アメリカ基準ならそうだが、さすがヨーロッパは違う。

半分までは書いた原稿が Scrivener にある状態だった。ホテルにチェックインしたら、辺りを見て回る余裕もなく、すぐに原稿。夕食はホテルに併設のドイツ料理のレストランで、大きなソーセージとポテトを食べた。ジャーマンポテトなのだろうか。ジャガイモの切り方がバラバラ。小鉢にいろんな大きさの小石を入れた感じ。それがタマネギ、青ネギと一緒に揚げ焼きにしてある。

夜中まで作業したが、遅々として進まない。ミニバーのビールを飲む。

翌日、睡眠不足の状態でカンファレンスの一日目。最近の実在論について、ヨーロッパの現代思想と英米的な分析哲学の両方の観点から検討している。とくにマルクス・ガブリエル氏の発表に驚いた。軽快な調子で、高度な内容を圧縮してどんどんしゃべる。浅田彰的なしゃべりの芸を持っている。

ブラシエさんは遅れて入室してきた。グレーのくたびれた感じの服で、グレーのトートバッグを右肩に下げ、猫背で下を見ている。

発表が終わると、ドイツ式では、拍手ではなく一斉にゴッゴッと机を叩く。拍手の音は上へ広がるが、ドイツでは地鳴りなのだ。

ロビーにはコーヒーとお茶が用意されていた。休憩時間にブラシエさんを呼び止め、少しだけ挨拶の言葉を交わす。物静かで、何か途方もない諦めを通過した人のような印象を受けた。というか、まだ諦めのただなかにいるのか、もう通過してしまったのかがわからないような。

その傍らで、青いブレザーを着たガブリエルさんが、人から人へ蝶のように飛び回っている。隙を見て僕も話しかけ、彼の主著『なぜ世界は存在しないのか』の日本語版に推薦文を寄せる予定であることを伝え、次のような質問をした。

「山があるとして、それは、場所AとB、異なる視点から見れば別の見え方をするわけです。そこで、視点ごとに別々の山が実在するのだ、とあなたは主張している。その一方で、特定の視点から見たものではない「山自体」もあると書いている。この「山自体」とはどういうことですか」

ガブリエルさんは、すばやいサービス精神で「富士山」を例にし、「そう、たとえば富士山が複数実在するのですが、「富士山自体」というのは、異なる視点ごとの複数の富士山の重なり、交点だと考えてください」と答えた。そして、近く『意味の理論』の日本語訳も出ますよ、と上機嫌に続けた。

ガブリエルさんが「新しい実在論」と称する立場では、何かが実在するというのは、ある「意味の場」に属することに等しい、と考える。素粒子が実在するというのは、物理学という「意味の場」に保証されてのことだ。また、実在しないと見なすのが常識であるような虚構的対象、たとえば「一角獣」は、何かファンタジーの物語のような「意味の場」においては実在する。そして物理学もファンタジーもどちらも「意味の場」として対等だというのである。

コップがあるとする。それは物理学者が見れば素粒子の集まりである。そうでしかない。素粒子の集まりをコップとして見るというのは人間的な意味づけであって、コップという意味は自然界には実在しない。だが、ガブリエルさんの理論では、コップを素粒子の集まりだとする「意味の場」と、素粒子の集まりをコップだとする「意味の場」を対等に肯定する。そして、前者、つまり自然科学がすべてを説明するという「自然主義」に反対する。

他方、ブラシエさんは自然主義寄りで、世界は本当は人間的意味など持っていないのに、人間の思考はその上に意味を構築しているのだ、と考える。

ガブリエルさんの議論には、自然科学への警戒心が色濃くある。

アレックスの家に滞在したときに、こんなドイツ文化論を聞いた。ドイツには科学技術恐怖《テクノフォビア》があり、工業が盛んでもそれは人間を侵食しない工業であって、たとえば、日本人好みのアンドロイドのようなものには抵抗を示すだろう。ドイツと言えばテクノだが、クラフトワークの音楽は、ドイツのテクノフォビアに対する意図的な挑発だった。

フリードリヒ・キットラーは、国外ではドイツのメディア論の代表者のように見られているが、メディアの技術的条件に人間が翻弄されてきたというその歴史観は、決して主流派なのではなく、ある種ナチスを想起させる反動的なもの、あえての反動のように感じられるものだった。そもそもナチスは科学主義だった。

ウィキペディアで見て、キットラーのミドルネームを知った。アドルフだ。アドルフ・キットラーなのだ。

二日目にブラシエさんの発表を聞いた。マルクスを読み直し、具体的なものとは何かを問い詰める作業。おそらく、ブラシエさんが再評価を先導するフランソワ・ラリュエルの議論も念頭に置いているのだろう。ラリュエルは、一切の理論化より先に、ただそこにある端的な実在を「一者」と呼ぶが、それは、完全に純粋に具体的なもの、ということだ。人間がどうのこうのそれについて考える以前の具体性。マルクスもまた、具体性を直視しようとした。

ガブリエルさんにとっては、実在することは意味を持つことに等しい。だがブラシエさんは、意味の外部に真の具体的なものがあると考えている。

発表後のランチでブラシエさんと同席した。日本での思弁的実在論の受容について説明する。世界的な傾向と同じく、日本でもグレアム・ハーマンのオブジェクト指向哲学――あらゆるオブジェクト＝事物は、表面的には関係し合っていても、根本的にはバラバラで、互いに無関係に実在している、とする――が、とくに現代アートとの関係で流行り始めている。だが、僕はブラシエさんやメイヤスーのような科学と哲学の関係を問題にする側で仕事をしている。

ブラシエさんの反応は慎重なもので、「グレアムは多産だからね」と前置きしてから、「あなたの方向性は正しいと思う」と言った。

日本の状況は後れを取っているが、世界的には思弁的実在論のブームは去りつつあり、その余波のなかで何を考えるかが課題になっている。僕は、意味の次元とは無関係に実在するということを「自閉症」に近づけて考えている、と話した。ラカンの精神分析理論では、同じ動作を繰り返したり、回転するものをじっと見ていたりするような自閉症者のこだわりを「一者の享楽」と呼んでいる。ところで、真に具体的なものであるラリュエル的一者は、自閉的なものとしてのラカン的一者と関係するのではないか。と尋ねてみたが、ラカンとのそういうつながりは考えたことがなかった、興味深いですね、という返答だった。

ホテルに戻って原稿。これではミュンヘンで書き終えるのは無理だ。『現代思想』の編集長に電話。締め切りはあと一週間延ばせるという。よかった。残りはボストンに戻ってからだ。

夜はホテルの向かいにあるイタリア風のバールに入った。賑やかな店だ。一人なのでカウンターに通される。耳たぶのような丸い形のショートパスタ、牛肉、クリームソース。

隣の席では、真っ赤な服を着た、往年の名優のような女性が一人でワインを飲んでおり、立ち働く店員に注文を言うタイミングをうかがっていた僕に、大丈夫？と声をかけてくれた。そこから会話が始まった。彼女は元ルフトハンザの客室乗務員で、かつては大阪行きの路線に乗っていたという。ミュンヘン出身の人。

この近くで見るべき場所や、有名な日本食の店を教えてくれた上で、天皇の譲位について尋ねられた。日本の人は、とくに若い人はどう思っているのか、と。なぜそれに興味があるのか不思議だったが、ひとまず、若い人はあまり気にしていないと思う、と答えた。それに加えて、いまの天皇は戦後民主主義を象徴する存在で、譲位の意思を表した会見には何か隠されたメッセージがあるのではないかとも言われている、と補足した。彼女は何かに納得したふうの表情だった。そして僕の英語を褒めた。

二人称

ミュンヘンからアメリカに再入国。何の問題もなかった。

空港にはUberやLyftを呼ぶためのエリアがある。十分も待たずに迎車。重低音のヒップホップ。ラテン系の運転手だった。ミュンヘンに行ってきたんですよ、どうでした？　と卓球のように会話が始まる。アメリカだ。ミュンヘンでは一度、何の返事もしない運転手に当たった。車はダークグレーのメルセデスで、ハイデガーのように恰幅《かっぷく》のいいおっさんだった。

ブラジルから来たんだ。日本の裏側ですね。そう、すごく遠い。

今年来たばかりなのだという。Lyftは副業なのだろうか。これだけで食べているのだろうか。「研究のためにアメリカに来たんです」と自己紹介したら驚いていた。降りるときに、「良い研究ができますように！」と言われた。「あなたもアメリカで幸運がありますように！」と言って別れた。

二人称で、相手を主語にして語りかけることがいまでは少しはできる。ちょっとしたすれ違いざまの会話は、東京より大阪で起こる。アメリカでは大阪よりもっと起こる。一瞬、人の優しさを感じるが、一瞬で煙のように消える。

どこでもジャスティン・ビーバーがかかっている。アメリカのダンキンドーナツにいても、梅田のジムにいても同じ曲。

Redemption

家の近くにタトゥースタジオがあった。Redemptionと掲げてあるのが店名らしい。この単語の感覚が以前からわからない。苦手だ、と思う。「贖《あがな》う」というのがわからない。かつてイエス・キリストが行なったことなのだろう。罪を贖う。罪を、キリストが代わりに贖ってくれる。というのがピンとこない。そもそもなぜ前提として罪があることから話が始まるのか、意味がわからない。

我々は罪深い……みたいな言い方があるが、腹立たしく感じる。

十二月二十四日——雪が積もった上に雨が降っている。これは凍る。Lyft の車でショッピングモールへ行く。いよいよスノーブーツを買わなければならない。

クリスマスイブの夜は、ロゼのワインを飲んだ。アメリカに来てからなぜかロゼを飲みたくなる。気持ちが落ち着いていない証拠なのだろう。

マルクス・ガブリエルがどこかで書いていたが、アメリカのキリスト教原理主義による科学的進化論の否定、すなわち「創造説」は、「聖書の記述どおりに地球が形成された」と、聖書自体を一種の科学的説明として読むところが滑稽で、その意味で創造説は、敵である近代科学と同じ土俵の上にある。いずれにしてもアメリカ人は科学を信じたいのである。ところでガブリエルさんは、ドイツの宗教者には創造説の支持者なんてまずいない、とイヤミを付け加えていた。

だから、アメリカにおいて奇妙にも力を持っている創造説——というオルタナ科学——に対抗する科学的進化論の擁護、たとえば哲学者ダニエル・デネットの「新しい無神論」というのはいかにもアメリカ的事情の産物なのであって、そういう宗教批判をそのまま他の国に持ってくることはできないよな、と思う。


クリスマスの朝七時半。夜の間に雪が降って、外は真っ白になった。通りにはまったく人気がない。車がまったく通らない。雪が音を吸い込んでいる。アメリカに来て最も静かな日だろう。気温はマイナス三度。

夜は近所の教会で礼拝に参加した。途中から、オルガンの伴奏で歌っているところに紛れ込んだが、それが何の役割の歌なのか僕は知らない。日本でクリスマスの礼拝に行ったことはなかった。パリでは一度ある。そのときには、フランスはカトリックだから、聖体拝領の丸くて平たいお菓子が回ってきた。

平均律で機能和声に従った音楽が宗教的機能を発揮している、ということを奇妙に感じる。この儀式が本物なのは、日本の大晦日が本物の宗教性を持つのと同じだと、僕は『ゆく年くる年』を連想するのだが、あの番組で流れるのはお経の響きで、それは音程というか音響であり、ジーンと振動するワイヤーを見つめているような気持ちになる。坊主のあの唸るような声。そこには「本当に宗教がある」と思う。だが、平均律で機能和声のキリスト教の音楽は、世俗のポップスと同じだから、隔絶した超越性を感じられない。

日本の年末年始では、基本的には地元の仏様や神様に祈るわけだ。他方、キリスト教は普遍性の宗教であり、クリスマスが記念するのは、イエスが発揮した万人に注がれる愛だ。すべての隣人を愛する。何の特権性もなく。キリスト教もひとつの宗教だが、そこには初めから世俗化の、つまり脱宗教化の原理が含まれている。それは、宗教的秘密を蒸発させるに至る宗教なのだ。

西洋文明とは何か。彼らの世俗性、彼らの無神論は、実は神と共にある……そう言っていいのだろうか。だとしたら彼らは、その論理とは別の世俗性を、別の無神論を恐れているのではないだろうか。そして、むしろローカルな宗教こそが、その

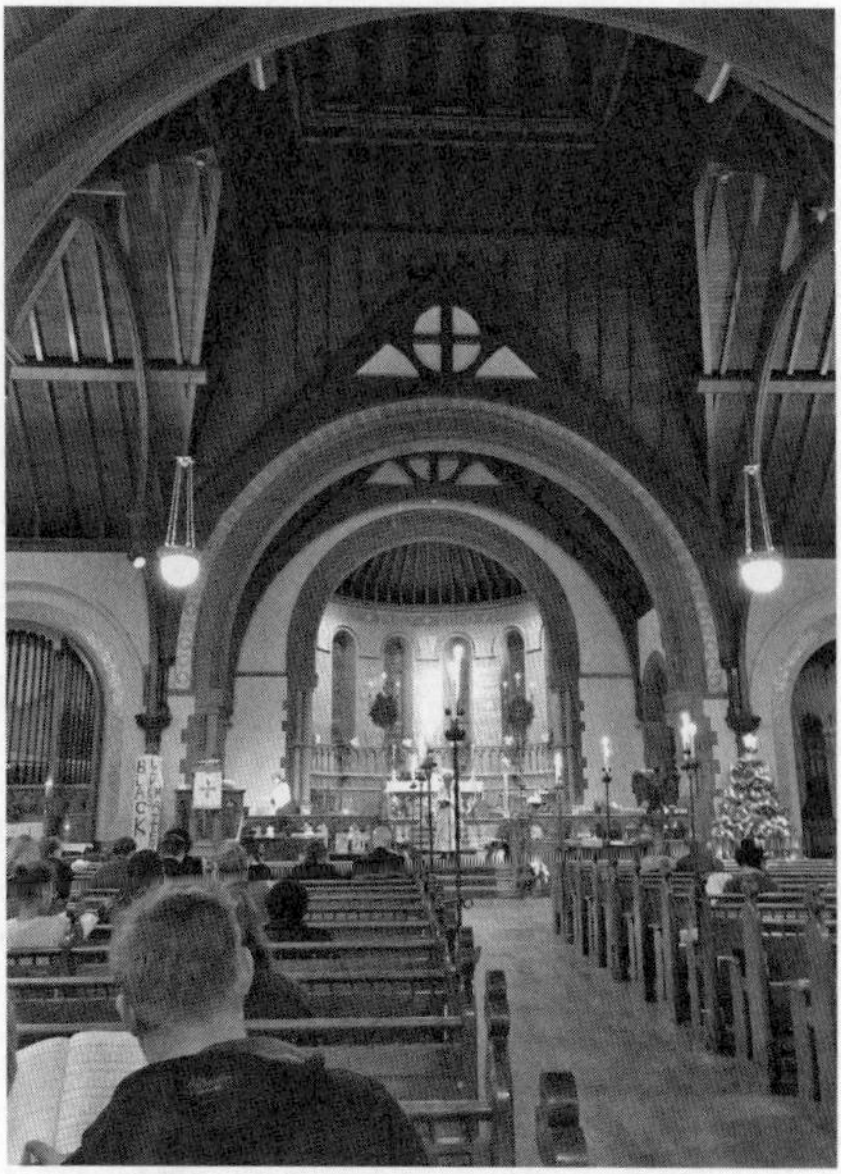

別の世俗性、別の無神論に近づくことがあるのではないか。

翌二十六日は吹雪。こんなに雪を見たのは栃木の幼少期以来かもしれない。雪合戦の球を握りたくなる。積み上げて砦を作りたくなる。雪は素材だ。粘土やＥＳ細胞のようなもの。雪とは「可塑的」なものだ。可塑性が降ってきて、世界を覆いつくす。なぜ雪の日に人は興奮するのか。それは、すべてがリセットされ、いまならゼロから作り直せる、という幻想を目の当たりにするからだ。白銀の世界とは、可塑性が回復された世界である。雪遊びとは、もうひとつの世界の模型を作ることである。

肌色（マイアミ）

クリスマスの直後、十二月二十六日にアメリカの南端へ飛んだ。昔から研究協力をしている日本学者のクリス・ローウィーの招きでマイアミへ行く。気温は二四度もあるが、南半球ではないからそれでも冬だ。最初の二日間はクリスの実家にお世話になる。最後の一泊はビーチに面するホテルをとった。

クリスが幼馴染みのマイキーの運転で迎えに来てくれる。マイキーは見るからにトレーニングをしている逞《たくま》しい体。ラジオからは八〇年代風の軽快なポップスが流れている。青い空。ふわふわした雲。ヤシの木が次々に前から後ろへ通り過ぎる。虚構の世界に転送されたみたいだ。そして高速道路に入り、ビーチとは逆方向に走る。少し内陸のマイアミ・レイクスという地域にローウィー家がある。

初めて見る不思議な地形だった。レイクと呼ばれる、湖というよりは沼くらいの水溜まりが点在し、それを囲む芝生の土地にクリーム色の平屋がある。その地域全体が、コテージ型のリゾートホテルみたいに見える。

レイクの側にテラスがあり、そこにプールがある。ギターのような形の。その傍らで、日が落ちる時間にクリスのお母さんと二人でタバコを吸った。哲学の研究のためにアメリカに来ました、と自己紹介する。「あなたはなぜその研究をしようと思ったの?」と尋ねられる。日本人ならば普通、そんなストレートな「なぜ」は問わないだろう。説明はできなくはないが、長くなる。どういう答えがこの場にふさわしいのか。何かひとことで言い表すべきなのだろうか。あなたはシンプルになれるか、と試されているのだろうか。

クリスマスにケータリングしたキューバ料理があるよ、と、エキゾチックな食べ物がふるまわれる。マイアミにはキューバの文化が根づいている。近くにはキューバ移民が住む地区があり、その辺りではスペイン語だけでも生活できるのだという。

黒い豆を塩で煮込んだものを白米に載せる。ユカと呼ばれるキャッサバをふかしたものは、真っ白で、里芋に近い粘りがあり、ぼんやりとした甘み。それから、揚げた豚肉を甘酸っぱく煮込んだもの、酢豚風角煮。

翌朝もマイキーが迎えに来てくれる。マイキーはコロンビアの家系なのだそうだ。それで、コロンビアのものが食べられるベーカリーに行って朝食。紡錘《ぼうすい》形をした黄色っぽい揚げパンに挽肉が入っている。エンパナーダというもの。

それからビーチへ行く。冬でも十分暑く、海に入る人もいる。何度かヘリコプターの影が僕たちを舐めるように通り過ぎる。透明度はそれほど高くなかった。水平線の上に液晶パネルを積んだ船が浮かんでおり、何かウェブサイトを広告している。いたるところに資本主義がある。

海岸沿いには賑やかにカフェのパラソルが並んでいる。ここがジャンニ・ヴェルサーチが殺害された屋敷なんだよ、と教えてもらう。岩の塊のような建物だった。何も外に漏らすまいと決意しているような。いまはGianni'sという高級イタリアンレストランになっている。

水を買いにお土産屋に入ると、レジの横でディルドを売っていて驚いた。

翌日はクリスのお父さんが案内してくれる。ローウィー家が祖父の代から通っているというダイナーで朝食。茶色のボックス席に座る。ファミレスの原型。ホウレンソウのオムレツとトースト、それにもう一品――白いお粥《かゆ》のようなものの写真を指差し、What's this? とクリスに尋ねる。日本で会うときにはクリスは流《りゅう》暢《ちょう》な日本語をしゃべるが、今回はなぜか日本語をほとんどしゃべってくれないので、初日から英会話の特訓になっている。立場を交換したわけだ。

それは「グリッツ」というトウモロコシが原料の主食で、オートミールのようにふやかしたものだった。頼んでみたが、ほぼ味がせず、糊《のり》みたいなもので、塩をつけて二口は食べたが、残してしまった。大きなマグカップになみなみと注がれたアメリカン・コーヒーは、想像していたより薄くなかった。

それからハイアリアというキューバ移民の多い地区をドライブする。

とくに珍しい風景に変わるわけではない。相変わらず、家の壁はベージュや薄い赤茶で、南にやって来たという感じ。キューバの食材を売っているスーパーを覗く。ユカもある。サツマイモのような形だが、もっと硬そうだ。

クリスによれば、マイアミを舞台にした映画『ムーンライト』の撮影地もこの辺りだという。いつだったか、飛行機であの映画を観て、寂れた集合住宅と空き地のある風景が目に焼きついたのだった。そこでは、筋肉が隆々と盛り上がった黒人のヤクの売人が、子供たちに指示を出している。そのベージュの風景。

父方の祖母が住んでいる宇都宮郊外の老人ホームは「肌色」——という言い方はアメリカでは通用しないが——で、それは少しマイアミのようでもある。

この年末は、栃木の実家に帰らない代わりに「マイアミの実家」という可能世界に帰っているのだ。そしてそこには故国キューバを懐かしむ人々もいる。僕は、他者のノスタルジーと僕のノスタルジーを取り違える。彼らは分身なのだ。他者の帰巣本能に僕は巻き込まれ、間違った場所に帰り着き、そのことに気づかずに、「ただいま」と言う。

ローウィー家が面するレイクの水が奇妙なまでに青々としているので、手に掬《すく》って見てみると、人工的に色をつけているとわかる。そのことをクリスに告げると、「信じられない、子供の頃はそうじゃなかったよね、いつからなの？」とお父さんに尋ねる。ブルーの染料を入れてるんだよ、他のレイクでそうしてるところがあって、町内の人がうちもそうしようと言い出したんだ。

夜、クリスとビールを飲みながらアメリカでのマイノリティの問題について話した。黒人の人権団体のリーダーを長く務めていた女性が、実は白人で、日焼けや化粧で黒人のふりをして周囲を騙《だま》していた、というニュースについて。彼女は大批判を受け、その職を解かれた。黒人のために働いてきたわけだけれども。

クリスが、白人の自分がアメリカで浴衣を着て出歩くことはできない、それは「文化盗用 cultural appropriation」だとアジア系アメリカ人から批判されるだろう、と言う。日本人としては、どうぞ好きに着てくださいと思うのだが。

こんな話をしていて、昔、日本のテレビで、真っ黒に日焼けしたドレッドヘアの女性が、服か何かの店を経営していて、その奥に「一生黒人」という堂々たる筆文字の額を飾っていたのを思い出した。

九〇年代から二〇〇〇年代の途中までのギャルとギャル男のガングロは、人種問題が大きな声になりにくい（ようにされてきた）日本における、だからこその、虚構の人種的アイデンティティの演出だったのではないか、と思いつく。日本においてヴァーチャルな黒人――あるいは東南アジア人、ネイティブ・アメリカンなど――になる。それは、差別されうる人種性をわざと演出することで、反転的に自らを特権化するという倒錯なのではないか。

ガングロギャルが「男ウケ」を拒否するというのは、女性というマイナー性から人種のマイナー性に軸足を移すことで外部的存在になるということなのかもしれない。ガングロとはつまりジェンダーの race 化だった、という仮説。

なぜ、ガングロ文化は終わったのか。二〇〇〇年代の末に。その頃には、グローバル化によって日本でも人種的多様性がいよいよリアルになり、「逆張り的な人種ごっこ」が時代遅れになったからではないだろうか。

お父さんの運転で、ビーチ沿いのホテルまで送ってもらった。建物が長屋のように細長く、部屋から正面にあるプールを見下ろすと、生け垣を挟んで隣のホテルのプールも視界に入る。たくさんのホテルが肩を寄せて並び立っている。

プールサイドの喫煙所で休み、ビーチを眺めに行ってから、近くのレストランでベリーニを飲み、トリュフが入っているというラビオリを食べた。そして冷房のきつい部屋で眠り、夜中に目覚めた。

夜中のビーチに行きたかったからアラームをかけておいた。

午前三時、闇のなかで波の音だけが迫ってくる。

『ムーンライト』では、マイアミの夜の海で、肌の色が異なる少年二人が初めて性体験をする。いじめを受けていた無口でひょろっとした黒人の主人公と、対照的に元気がよく、下ネタを言うようなラテン系の幼馴染み。その主人公は小さい頃、ある出来事に巻き込まれて逃げているところを黒人の屈強なヤクの売人に助けられ、以後、父親代わりに面倒を見てもらうことになる。母親はヤク中で、男を連れ込んで遊んでおり、親として機能していなかったからだ。ところがある日、その売人は突然姿を消す。何者かに殺されてしまった。

主人公は、いじめの主犯格だったドレッドヘアの同級生についにキレて、椅子で殴りかかってボコボコにする。そして少年院に入り、そこでの縁で、出所後にはヤクの売人となり、体を徹底的に鍛え、自らがあの「父」の生まれ変わりになる。そして、場末のダイナーで料理人をしている幼馴染みと再会する。

境遇が異なる人への共感ではなく、入れ替わってしまうような感覚について考えている。共感とは無関係な、無関係性における入れ替わり。分身。

僕は以前から分身のことばかりを考えている。

いたるところで無関係性の結晶が燦《きら》めいている状況を、人は仮に「共感」と呼んでいるのではないだろうか。

非業の死を遂げる前のヴェルサーチが毎朝通ったというNews Cafeまで散歩し

て朝食を食べる。スクランブルエッグをこんなに不味く作るのは難しかろうと思う。僕が指導した卒業生に、日本でのヴェルサーチのブームについて研究していた学生がいる。彼の代わりに。

Lyftを呼んで空港へ行く。キューバから来ているという運転手。しかも先日行ったハイアリアに住んでいるという。明らかにスペイン語訛《なま》りだ。長めに英語でしゃべったら、「英語はよくわからないんだ、ごめん!」と言われた。

静電気

部屋が乾燥している。帰宅してから静電気でバチッとなるのがもう十回はある。耐えがたい。金属に触る前に必ず壁に触って放電する。壁でもバチッとなることがある。この一事が理由で、もう早く帰国したい。

乾燥のせいで手の甲とすねが荒れて痛痒《いたがゆ》い。日本でこんなに肌荒れしたことはな

い。チューブ型のハンドクリームを買ったつもりだったが、日本のものより固くて、力を入れて絞り出すと透明なワセリンだった。

ケンブリッジの十二月三十日夜、マイナス一度。雪が残っている。スノーブーツを履いてポーター・スクエアの居酒屋へ。あん肝がある。

日本で年が明けた時間に、宇都宮の祖父母の家に泊まっている従兄弟たちとテレビ電話をした。こちらはまだ大晦日の昼。外は雪。

くぐもった音で『朝まで生テレビ』の声が聞こえてきた。誰だかわからないが、専守防衛、なんたらかんたら、と四字熟語を連発するしゃべりに懐かしさを感じる。政治家がよくやるしゃべり。おっさんのラップというか。大学の会議でもああいうのが得意な人がいる。僕にはできない。

あまりに外が寒いのでジムに行く気になれない。マイナス一〇度以下の世界なんて初めての体験だからしょうがない。天気予報を見たら、今週はマイナス二〇度に達するらしい。屋根から雪が崩れ落ちる音がした。

二〇一八年一月一日の夜に見た夢は、サスペンス映画みたいで、何かタスクをこなしながら先へと進んでいた。「後鳥羽院の息子」というキーワードを覚えている。後鳥羽院、後鳥羽上皇。それと『攻殻機動隊』のようなイメージが合わさっている。基地の地下室を爆破して大きな空洞を作る。そこから真っ黒な土を運び出す労働者たちの群れ。たぶん核爆発。

なぜ後鳥羽院なのか。新古今和歌集？　ことば、ことば。言葉院。

初春や頭洗わず寝て痒し

東海岸北部をブリザードが襲った。一月五日は、家の前に雪が積もっていて外出できない。膝より上まである。管理会社にメールして雪かきを依頼する。

それにしても部屋の静電気がひどい。冷蔵庫もパソコンも蛇口も、水道の水の流れでさえもバチッとなる。先に壁に触っておいても万全ではない。

ラットを使った実験で、電気ショックを回避するスイッチを教えるのだが、残酷なことに、そのスイッチを押しても偶発的に電気ショックを受けることがある、という理不尽な状況をつくると、ラットは全般的に行動を抑制され、何もしなくなってしまう——これを「学習性無力感」という。似たような状態だ。静電気から逃れるためだけに、日本に帰りたい。

当事者

アメリカに来てから、セクシュアリティ研究の話をぜひしたいという人がメールをくれて、ハーバードのそばのカフェでお会いすることになった。

ドラァグクィーンの活動もしているという。僕に似て、現在のＬＧＢＴ運動の方向性、マジョリティもマイノリティも「普通」を目指すような方向性に違和感を持

っている人のようで、しだいに話が盛り上がった。

最近のアメリカでは、ドラァグクィーンのブラックジョーク、辛辣《しんらつ》なディス、わざとの偏狭さとかに対する批判——クソ真面目な批判——があり、それでトランスジェンダーの人たちと対立することもあるらしい。総じて、「傷つけない方向に」という訴えが強まっているわけだ。

ゲイバーのママの口の悪さも、もはや時代遅れということなのか。

クィアという響きの当初の挑発性はいまではほとんど残っていない。いまではその言葉は、性に関するマイノリティのただの総称のようになっている。否定性と戯れるという当初の複雑な意識は失われ、ポジティブな存在として生きるために法権利を主張するだけになった。クィア理論、クィア研究はアメリカでは大学制度に組み込まれ、クィアな者たちに正義を！　というわかりやすい主張が、インテリの常識、というかドレスコードになっている。

その人物の紹介で、ハーバードの神学大学院でキリスト教研究とクィア理論を合わせて講じているマーク・ジョーダン氏に会うことになった。三人でパブに集まってビールを飲み、先日のキース・ヴィンセント氏とのすれ違いを説明すると、ジョーダンさんの見方は完全に逆だった。反社会的テーゼが力を持っているなんてことはありませんよ。現実を動かしているのは人権団体ですから。反社会的テーゼを言う研究者が実際に何かを動かすなんて不可能ですよ。

黒人の人権団体のトップが偽物だった、というマイアミの夜に聞いた話を思い出す。ガングロギャルのような人物が当事者を率いていたわけだ。そして糾弾され、排除された。当事者とはいったい誰なのだろう。反社会的テーゼを言うのも当事者だし、ノーマライゼーションを求めるのも当事者である。そしてそのどちらにも、ガングロ的な存在が紛れ込んでいるのかもしれない。

ジョーダンさんは八〇年代のパーティーを思い出す。あの頃はやばかったね。

映画（ロサンゼルス）

一月の半ばにロサンゼルスに行った。西海岸に行くのも初めてだ。帰国する二週間前。二十八日に日本に戻る。

南カリフォルニア大学のリピット水田堯《みずたあきら》さんのお招きで、最近の関心を話すことになった。『動きすぎてはいけない』の紹介から始めて、思弁的実在論の解釈――「無関係の哲学」としての――を説明する。スライドを準備した。

空港に着くと、明らかにボストンよりも東アジア系が多い。案内板には日本語も書いてあって、その書体の印象が成田のようでもあり、帰国前の最後の仕事なのだが、半分帰国したような感じもしてくる。Lyft の運転手は、「東アジアの中高年男性」のひとつの範例のような抽象的風貌で、低い声で英語を話す。

ミレニアム・ビルトモアというダウンタウンの古いホテルに泊まる。ハリウッドの撮影によく使われていて、オバケが出そうですがおもしろいですよ、と、映画学科で教えているリピットさんが手配してくれた。壁も柱も天井もごちゃごちゃしたレリーフで覆われており、ヨーロッパの複数の様式がちゃんぽんになっている感じ。古い建物なのだが、真に歴史的なのではなく、それっぽいもの。ここがハリウッドのお膝元だということを、リピットさんはこうして示唆している。

食事をしたいが、ホテルの周りは無機質なビルばかりだ。治安が心配なのであまり出歩く気になれない。隣にあるアジア料理の店に入る。神社のような朱塗りの店内。「アジアの誤解」という感じ。ビール、パイナップルに載ったワサビマヨソースの海老天。シンガポール風だという麺は、ココナッツミルクのスープにラー油が浮いていてかなり辛い。黒い割烹着のようなものを着た店員。『ブレードランナー』的世界なのかもしれない。

朝、東大時代の後輩で、いまはリピットさんに師事している渡部《わたべ》くんが車で迎えに来てくれる。アメリカの大部分では車がないと生活できない。ロサンゼルスは広いので車社会だということは、来てみるまでリアリティがなかった。東京のように電車生活ができるボストンやニューヨークは例外。それは東京が例外なのと同じで、日本でも郊外や地方に行けば車が必須だが、それは栃木に帰ったときだけに意識することだった。

南カリフォルニア大学の建築は、マイアミを想起させるようなベージュや赤茶の壁で、中庭を活かしていて、スペイン風に見える。西海岸では歴史ある私大だというが、古いのか新しいのかわからない。というか西海岸というのは、時間の流れが行くところまで行き着き、もはや空間しかなくなった場所なのかもしれない、などと思う。スケートボードで移動している人だらけで驚く。イメージ通りの西海岸だ。教室の入り口にもスケボーが立てかけてある。交通手段。スケーターファッションというのはアメリカかぶれのひとつくらいにしか思っていなかったが、西海岸では単純に実用的なものなのだ。

リピットさんのゼミにお邪魔した。哲学書からの引用を配って、その解釈をみん

なで議論する。ごく短い引用だが、その深みを味わい尽くすように、一コマの時間全部をかけてゆっくり議論する。昔ながらの大学の風景。

その後、図書館にある会議室に移り、僕のレクチャーが行なわれた。スライドを読み上げていくうちに脱線し、話が横滑りし始める。即興で英語を話すのは怖い。怖いが、英語を話すという一種の演技、あるいは「ごっこ」がおもしろくなってくる。ここは映画の町だ。演技を、ごっこをやり切ること。

リピットさんは白のマセラティに乗っている。やたらに大きな車体だ。ここは映画人が多いですから、車を買ってはすぐ手放すので、いろいろ中古市場に出回っているんです、と言う。肉厚なシートに身を沈め、街道沿いの風景を眺めている。真っ平らな土地だ。マック、薬局、吉野家がある。デニーズもある。埼玉の国道四号沿いみたいだ。Taco Bell があるのでアメリカだとわかる。

ショッピングモールに到着し、螺旋《らせん》をぐるぐる上って駐車場に入った。そして先に来ていた学生たちと合流する。打ち上げは居酒屋ですよ、と予告されていたが、それが寸分の狂いもなく日本の居酒屋そのものなので、驚くことすらできない。何の屈託もなく、世界各地の要素が歴史の外に並置されている。

ピッチャーからスーパードライを互いに注ぎながら、アメリカに来て考えていたマイノリティとポリティカル・コレクトネスの問題についてリピットさんと話した。千葉さん、A nude horse is a rude horseってご存じですか。その声はいくらか高く、こもっているが金属質で、郷ひろみの声に似ている。リピットさんは日系アメリカ人だが、つるりとした卵形の頭に刈り上げたグレーの髪で、どこの人でもないというか、未来から何かを告げに来た人のような気がしてくる。

一九五〇年代末に、Society for Indecency to Naked Animals、略称SINA（裸の動物への無作法に反対する会）という運動が広がったことがある。動物も裸のままではダメです、服を着せましょう、という運動で、支持者は馬の尻にパンツを穿《は》かせたりしたという。そのキャッチフレーズのひとつがA nude horse is a rude horse（裸の馬は猥褻な馬です）。これは実は、あるコメディアンが道徳保守派をからかうために仕組んだフェイクで、三年後には真相をバラすことになるのだが、本気にする人が続出した。過去の話だが、未来の話のようでもある。「正しさ」をあるキャッチーな言い方でパッケージすることで、爆発的に連鎖反応が始まり、それは既成事実化されてしまう。

次の日に、財布を盗まれた。

渡部くんの車で海岸沿いのヴェニスという地域に行き、一緒にランチを食べてから、少し北のサンタモニカまで送ってもらった。そこで渡部くんが帰り、一人で歩き始めてすぐだった。

お土産屋で水を買ってバックパックに入れた。その店の前のストリートは、脇にホームレスが何人か座っているのが気がかりだった。そこを五分も歩いていないと思うが、交差点があって左に曲がり、曲がってすぐ水を出そうとバックパックを下ろして開けると、財布がなくなっていた。この時が来たか、と思った。

だが、ズボンのポケットにクレジットカードがある。これは無事だ。最近は怠惰のために、限度額が最も大きいカードをポケットに入れていた。これさえあれば生活は何の不便もない。バックパックの内ポケットに入れていたパスポートも無事だった。ケータイも無事。

さっきの店に戻る。レジに置き忘れたのかもしれないから。そんなラッキーはなかった。これが現実なのだ。これは映画ではない。

レジの女性が警察に電話してくれる。パトカーが向かうからその辺りで待機するようにとのこと。だが待っても待っても来ない。そのあいだに、財布に入れていたキャッシュカードや予備のクレジットカードを使用停止にするために窓口に電話。覚えている限りすべてのカードを止めてから、渡部くんに連絡する。これから来てくれるという。

憔悴《しょうすい》してはいたが、必要な対策は終えたからこれで安心してよい。財布が出てくることはありえない。この不完全化された状態で、無理に安心し直さなければならない。カフェに入る。使用できなくなったカードはどこへ行くのだろうか。使えないとわかったら捨てられて終わりなのだろうか。運転免許もあったが、日本の免許をアメリカで手に入れたとして、何か悪用のしようがあるのだろうか。何も想像できない。犯罪小説は書けないな、と思う。

渡部くんが所轄の警察署に連れて行ってくれる。現金の額と、財布の値段を聞かれる。中古のルイ・ヴィトンの財布だから正確な値段がわからないけど、と傍らの渡部くんに言うと、ちょっと高そうに言えばいいんですよ、と笑われる。

現金は少ししか入っていなかった。とにかくカードや運転免許の再発行が面倒だ。日本に帰ったら一挙に手続きをしなければならない。

パスポートとクレジットカード一枚とスマホという、資本主義的存在の研ぎ澄まされた状態になった。あとは帰国までこの状態でやり通すしかない。あの財布には会員証の類いもあったが、よく覚えていないのが気持ち悪い。何を失ったのかが正確にはわからない。だが、そのようにアイデンティティの手がかりを失うことこそが、そこで歴史が終わるユートピア的空間としての西海岸にふさわしい事態なのではないか、などと思うことにする。ということはつまり、やはり僕はアメリカ映画

を演じ切らなければならないのだ。映画が、現実なのだ。

狭さ

ロサンゼルスからボストンへのフライトは意外に長く感じなかった。一月二十日、あと一週間で帰国だと思うといくらかセンチメンタルになる。ガッチリした警察官が空港の外を歩いていく。ラテン系のような日本人的でもあるような濃い顔の警察官を見ると、エイズの悲劇を扱ったBLマンガ『ニューヨーク・ニューヨーク』の人物を思い出す。

速やかにLyftを呼んで帰宅する。関空でもLyftを呼びたくなるだろう。iPhoneからリピットさんに御礼のメッセージを送った。ショートメッセージを送ることをtextという動詞で言うことを知った。I texted you.

朝のダンキン、酸味のある薄いアイスコーヒー、この味を覚えておく。お店のアジア系の人が僕を覚えてくれて、How are you today? と声をかけてくれる。以前、外でタバコを吸っていたら一緒になり、立ち話をした。彼はマレーシアから来ているという。僕はあと一週間で日本に戻るんです、と伝えた。

ジムの契約は自動的に切れることになるから、ぎりぎりまでいつものように使えばいい。受付のお兄さんに I like your backpack! と指差された。

ボストンは寒波が去って、比較的マシな気温。五度ある。

このごった煮のアメリカはノスタルジーの対象になるものではないと思う。日本に帰ったらアメリカを懐かしく思い出すにしても、だがそれは、懐かしさなのだろうか。奇妙な時間がここにはある。時間自体がごた混ぜになっている。それを懐かしく思うというのはどういうことなのだろう。

アメリカでは、あまりにも多くのノスタルジーが共存し、攪拌《かくはん》されている。

ケンブリッジの住宅地の道を、何も考えないで家に帰るために歩く。そのまっすぐさ。あまりにも多いコンテクストが並立している時空を、ただたんなる必要のためにまっすぐに歩く。そのまっすぐさ。

先週はロサンゼルスにいたが、それも遠い記憶のようだ。

大学のそばでクラムチャウダーのランチを食べ、共同研究室の鍵を助手の女性に返却する。生協の本屋で、お守りになるようなものをと考えて、自己啓発のコーナーに平積みになっていたスティーヴン・キングの『書くことについて』を買った。そして帰りに、この滞在で最初に領土化したDarwin'sをまた訪ねる。注文のときにWhat's your name?と訊かれても、すぐDavidと言える。

人の生活は、欲望は、ある狭さとの関係で成り立っている。ある狭さがなければ欲望することは不可能だろう。狭さが欲望の原因だ。この街のアイスコーヒー。あの街のアイスコーヒー。移動とは狭さの喪失である。ゆえに欲望の喪失である。移動のたびに我々は、愛した狭さへの喪の儀式を執り行なう。狭さへの喪。世界のなかで我々は、ある狭さを生きる。おお、狭さよ。

包装（日本）

一月二十九日、成田を経由して大阪に着いた。

新しくできた関空は明るくて人をお客様扱いしてくれる感じがあるが、成田はどうにも陰鬱なところだ。闘争の歴史もあるからなのか。日本の玄関というより関門。後ろから急に「お前！」と呼びつけられる気がする。強制送還や勾留とかの権力行使の殺伐感がある。

平らな国だ。この国の立体物は全部偽物なんじゃないかと思う。ハリボテ。ファミリーマートに入ったら、尺八と三味線を使ったポップスが流れていて、『銀魂《ぎんたま》』の世界みたいだと思う。江戸時代をテクノロジーで増強したような世界。やよい軒でキムチ鍋定食を食べ、いつも行くバーに行ってから寝た。

朝六時に起きた。マンションの外の自動販売機で普段は買わない砂糖入りの缶コーヒーを買う。街のスケールがアメリカより小さい。建物の幅が狭い。その分、情報の密度が高い。体がダブつくような感じがする。

昨夜はトランクからパジャマだけを取り出し、他の荷物は手つかずだった。朝になって、帰宅して初めてパソコンを開き、自宅のWi-Fiにつなぐ。当たり前なのだが、何の問題もなくつながる。四ヶ月途絶えていた自動バックアップが始まり、床に置いてあるハードディスクがカリカリと音を立てる。

部屋が寒い。アメリカは外はもっと寒かったが、屋内は常時暖められていて温度が一定だった。日本の冬は、寒い部屋で厚い布団をかけて寝るものだということを体が忘れかけていた。慣れていたはずのベッドが硬い。枕が低い。

便座に腰掛けようとしてガクッと腰が落ちた。高さが低い。幅も狭い。トイレットロールが脇腹のそばにある。押し寿司にされたようだ。

部屋は夏の記憶を残したままだった。ハーフパンツ、ルーズなTシャツ、洗濯した後の水着。ちゃぶ台の上のリモコンを手に取ろうとして、ちゃぶ台がまだこたつになっていないと気づく。いまは真冬だ。日本の冬の過ごし方を忘れてしまった。たった四ヶ月離れていただけで前の生活を忘れてしまうなら、僕は過去の大部分を忘れてしまったのだろう、と恐ろしくなる。

目覚まし時計は電池を外しておいたので、十時くらいで止まっていた。電池を戻し、いまの日本時間に合わせる。それは確かにいまの時間なのだが、とりあえずそれに合わせているだけのような「浮いた」感じがする。

トランクの服を片づける。荷物はそんなに多くない。部屋で洗濯できるのが助かる。アメリカでは洗濯機は共用で、25セント硬貨を何枚も入れるのだった。

小さな空間に種々のものが器用に詰め込まれている。お人形の部屋。こんな小人の国のようなところでは、重箱の隅をつつくような複雑な芸が発達するのだろうな、と他人事《ひとごと》のように思う。僕もそういう仕事をしているわけだ。

ドトールに行ってアイスコーヒーを飲んだ。思っていたより薄い味だった。ダンキンドーナツの薄さとは異質な。苦味に寄っていて、酸味はほとんどない。そして香りが弱い。濃いほうじ茶のようだった。

銀行にキャッシュカードの再発行の手続きに行く。それからインターネットバンキングの海外対応を止める手続きもしなければならない。窓口で何枚もの書類にサインし、印鑑を押す。日本の書類主義は、体制を変えようという意気をそぐための「環境管理型権力」である。ファストフードの椅子が硬いと長居できないのと同じで、書類が多いと物事を変えようという気にならない。

平面の国。二次元キャラと、無数のＡ４の書類でできている。日本の事物は、押印された空疎な確認書類の一枚一枚を折りたたんだ折り紙としての２・５次元的存在である。

昨夜は十時には寝たが、時差ボケで午前二時に目が覚めてしまう。それからまた寝て、六時に起きる。大学へ行って事務処理をする日。駅でカフェに入る。店員の対応が異様なまでに丁寧で、動作と言葉のいちいちを観察してしまう。彼らは儀式をしている。何か畏《おそ》れ多いものを鎮めようとしているかのように。

日本の「おもてなし」は、他人への思いやりというようなものじゃない。他人とは、下手をすると荒れ狂う自然であり、それを鎮めるために絶えず儀式が必要なのだ。地鎮祭。自然への畏れとしてのサービス過剰。これは西洋的な意味での人の尊厳を大事にすることとは違う。お客様、自然、天皇。

空疎で事細かな書類を作るのも、自然の猛威を鎮めるためだ。

日本においてサービスとは祭祀である。コンビニ店員の事細かなマニュアル対応は、最高位の儀礼主体としての天皇とつながっている。

電車が発車する前にファンファーレが鳴り、独特の定型的なイントネーションで行き先が告げられる。人々は静かに着席し、黙禱《もくとう》を捧げそうな気配だ。

日本的主体は、途方もない偶然性としての自然の猛威を畏れ、複雑な儀礼で身を守っていると同時に、ときに自らがそうした自然の一部として、途方もない逆ギレに打って出る。日本人が突然、怒鳴る。それは儀礼的抑圧から偶然性への急展開なのだ。北野武のヤクザ映画はそれを美に昇華している。

日本のおもてなしには、心休まらないものがある。不気味な緊張感がある。いまはこの人はやたら丁寧に接しているが、いざとなったらどう爆発するかわからないぞ、という予感。それとセットになっているおもてなしを、単純に海外向けの日本の良さのアピールにはできないだろう。

僕はおそらく、こうした日本的背景においてカンタン・メイヤスーの『有限性の後で』を読んでいた。僕が友人たちと翻訳したその本で、メイヤスーは、この世界がこのようなあり方をしているという事実には必然的な理由がまったくないのであり、だから、いつ何時、世界全体が突然別のあり方に変わってもおかしくない、と主張している。世界が突如、豹変する。僕はそのことを、突然の激怒のような出来事として捉えているのかもしれない。

「ただいま前方の踏切で無理な横断があり、自動的に急ブレーキがかかりました。急ブレーキがかかりましたことをお詫び申し上げます」

何という驚くべき無論理、無倫理だろうか。主体に何の責任もないことをお詫びしている。非人称的な出来事へのお詫び。ここにはIもyouもない。

ものすごく狭いカウンターに肩をすくめてひしめく黒や紺色のサラリーマン、労働者。カツ丼、うどん、親子丼。タバコの匂い。厨房の怒号。焼酎の瓶。そのなかでカキフライ定食を食べる。昭和の時代から続いている場面。

日本的カタルシスとしての「もう我慢できない」の瞬間というものがある。遠山の金さん。「おうおう、黙って聞いてりゃずいぶん言ってくれるじゃねえかい?」と急展開し、桜吹雪の刺青を入れた身体=偶然性の世界が顕現する。それは裁きというより、人の裁きのシステムを超過する神的暴力の顕現だ。

当然ながら、どんなに儀礼をやっても自然が治まるわけはない。儀礼とは、言葉や身振りで「理想的に治まった状態」を演じることで、つねに潜在する自然の乱調を否認することに他ならない。

どうも僕は、今回のアメリカ行きと帰国で、震災以後の日本について考え直そうとしているらしい。

日本では災害時に、「よし、いまこそ究極の儀礼で対抗するぞ」という「超儀礼モード」になる。パニックになるのではなく。超儀礼モードとはつまり祭なのだが、大混乱のディオニュソス的な祭ではなく、事務的な言動を徹底するような冠婚葬祭である。このことを『シン・ゴジラ』が描いている。

「お困りの方をお見かけになりましたら、「お手伝いしましょうか?」などのお声がけをお願い致します」

この異常なまでの「お」の連発は、北野映画で突然連射されるピストルの音と表裏一体なのではないか。

帰国して三日後に、二月になる。

手続きが滞りなく進みますようにと願っている自分がいる。アメリカに到着して最初の一ヶ月もそう願っていた。流れが滞りなく、というのは日本的イデオロギーのひとつだ。「式次第」の連鎖としての生活。日本では買い物も食事も、滞りなく進行することが最も重要である。すべてが次々に水に流され忘却されていくその速度で、コンビニでさっと買い物を済ませ、次の所作へ移る。所作から所作へ。作動。茶道。

コンビニの商品はあらゆるものが高度な技術で包装されている。なんという剝《は》がしやすさ。なんという開けやすさ。滞りなく包装を開けることができ、次の所作でもまた丁寧に包装されたものに出会う。

包装された国に生まれ育った。この国は荒々しい外気に弱い。包装のワンクッションがつねに入るから、世界の荒々しい動きと直接には連動しない。包装から包装へ。ある包装から別の包装へと滞りなく移行する。僕は、僕なりに包装したアメリカしか体験できなかった。というより、アメリカで僕は、包装するということ自体について考えていたのだろう。包装とは儀礼だ。そのなかで休らう。プレゼントを開けるときに、包み紙の匂いが広がる。その心地よさ。優しさ。

解説

佐藤良明
（アメリカ研究）

題名に、ちょっとした違和感を感じた。これは「紀行」か。いや、たしかに、外国に出て異質な経験に向かい合ってはいる。ハーバードの研究機関を拠点にした千葉雅也の四か月のアメリカ滞在は、実直に語られている。観察は繊細だし、積極的に動いた。フロリダへも飛んだ。ロスにも飛んだ。ドイツの学術会議にも参加して、マルクス・ガブリエルなどとも話してきた。

だったら、どこが「紀行」っぽくないんだろう。そう感じるのは、単に私が「前」の時代を生きてきたからにすぎないのか。

最初に読んだアメリカ紀行が、私の場合、小田実の『何でも見てやろう』（一九六一）で、小田の行き先が奇しくも同じ場所だった。そこに「ライシャワー日本研究所」はなく、代わりにライシャワー教授がいた。駐日米大使赴任前の知日派リベラルの先生に、小田は異論をぶつける。そしてハーバードをこぼれ落ちるようにして、例えばニューヨークのゲイ・カップルのアパートに向かう。カルチャーが衝撃《ショック》として存在した当時、それにぶつかっていくには小田実の厚顔を必要とした。そして厚顔による語りは、おのずと話が大きくなった。冒険《ピカレスク》や風刺《サタイア》と親和的なスタイルに。感動と批判が増幅される方向に。

そういうタイプの「紀行」は、グローバル化の進んだ地球では成り立たなくなった、というだけのことなのか。いや、それだけでは説明にならない。

ここにも文化摩擦はあるのだが、摩擦の界面が、人と社会の間ではない。もっと微妙でセンシティブ。感覚と環境の間が擦れるというべきか。紀行者の肌、舌、耳で「差異」として集められた情報が読者に届く。帯電した空気、シューズの履き心地、飲むコーヒーの酸味の具合、ガランとした倉庫地帯を走る「シャーシャーと紙を裂くような車の音」。

驚きや危険がないわけではない。大学の北側に良好な住処《すみか》を得る前、著者はロクスベリーに一時的な間借りをした。さらりと書かれているが、ボストンの南西に入り込んだこの近くは結構やばい、黒人たちのネイバーフッドだったところ。小説でもドキュメンタリーでもこの地名は、歴史の街ボストンのエリート市民の居住区と対蹠的に使われてきた。

千葉雅也のロクスベリーに、そのような「意味の絡み」は不要である。Airbnbをタップして、タクシーに乗り込めば、それなりの居心地で住めてしまうのだから。家主はトリニダード・トバゴから移民してきたオヤジさんで、ゲイ・カップルとして養子を育てた。息子は軍人になって日本に駐屯。日本の写真を見せられる。多重なマイノリティーと、多重なエリートが、かくも自然に接続する。それが「何でもなく」書かれているところに、今の時代の倫理がある。

その倫理は否定形の形を取る。彼のデビュー本の書名は「動きすぎてはいけない」だったが、この本も、いろいろな「ない」によって制御されている。まず、始まりと終わりを設けない。すんなり始まる最初のページは、散歩中たまたま覗き込んだ教会の中で、ここにささやかな文化摩擦が待っていた。

アメリカは日本のように地縁や職場で自然とまとまる社会ではない。個として動く人々が「フレンズ」の関係をなしながら、相互の信頼を支えとする。新たな友との出会いにおいては、だから力一杯握手をし、明示的に微笑む。名前を聞き合い、名前で呼び合う。著者はそんな人たちの「温かい人間ぶりに」その場を「押し出されて」しまった。

「人間ぶり」という表現が斬新だ。「人間性」ではない。性格としてではなく、動詞由来の「ぶり」をもって人を語る。人間を be 動詞によって粗大に確定するのではなく、常に「生成変化」(becoming) に向けての微細な「ぶり＝shaking」を内包する存在として見る。この視線はドゥルーズ的というべきなのか。

だがそこに、カフェの店員の呼び声が襲う——「マサーヤ！」。日本なら「3番の番号札でお待ちのお客様」とくるところで「マサーヤ！」だ。著者はぐらつく。少々腹が立つ。僕を粗大に確定するな。

つぶやきのようなこの語り、すいすい走っているようで、けっこう拗《ねじ》くれているのだ。アイロニーも、ユーモアもある。名前を聞かれてDavidと答えたりする。呼び名だけでなく、二人称代名詞youに対する抵抗感も述べられる。二人称の問題とは、言い直せば、一人称の界面における接続と切断の問題だ。これは言語文化論の問題でもあって、要するに、SVOで会話をする（主語・目的語を外の空間に放って話す）種族と、自分を引っ込め相手を容易に名指さない（対面的な）日本語族との構造的な違いに由来する。日本語には〈内なる私〉がいる。このテクストにもいる。俳句や私小説の主体をなす「私」の感性と逡巡が吐露されている。ドゥルーズ的な視線をめぐらしながら、同時に私小説であることを厭《いと》わない『アメリカ紀行』の、その不均衡ぶり（あるいは一周巡っての合致の妙）が面白い。

『動きすぎてはいけない』（二〇一三）は「切断の哲学」という触れ込みだった。『アメリカ紀行』（二〇一九）から私が感じるのは「切断の美学」である。一瞬を写し取った像をもとに、そこから断片的な思考を伸ばすという書き方は、話を大きくしない。前時代的な饒舌さ、厚顔の自己といったものを呼び寄せない。そうなってしまう前に話をへし折る。ある意味、不具《クリップル》にする。そのことで、接続過剰な時代の「不自由」を生きる人たちとの対面の仕方を調節する。ここにあるのは「切断の倫理」だ。

数ページに一枚、iPhoneで撮ったらしい写真が塡《は》められる。構図も配置もセンスがよい。だが、目立たせない。わざと無声化《マツフル》されているかのようだ。

ずっと前、フランス留学から帰ってきた彼と、東大駒場の構内を歩きながら話したとき、「いずれアメリカに行きます」の一言が耳に残った。千葉雅也とアメリカ、これはどういう取り合わせになるのか想像したが、どうにも像を結ばなかった。

二十年前の大学で、彼の非凡さを「ミュージック・ビデオをつくる」実習授業を通して見せられたことがある。教員の私が事務方に回り、機材選定から編集ソフトの映像マニュアルづくりまで〝千葉先生〟中心に進んだ授業だったが、そこで気がついたのは、卓越した表現者として自己を最大化していこうとする構えが見えないことだった。人を驚かすようなものを創るより、むしろ周りとの小さな接続のすべりをよくしていくことに腐心する彼の姿に私は唸った。

だから『勉強の哲学』(二〇一七)という公共奉仕的な本が出たときも驚きはしなかったし、最新刊の『現代思想入門』(二〇二二)も、実に千葉雅也らしい達成だと思う。「近代的個我」みたいなものへのこだわりを擦り抜けたニッポンの知性が、今後どんな動きを見せてくれるのか——ちょっとこれはワクワクする。

デビュー小説『デッドライン』(二〇一九)の発表は、本書刊行に引き続いてのことだった。文学者千葉雅也の評価が固まってくるとき、この哲学的紀行的私小説の扱いがどうなるのか、興味がもたれるところである。

二〇二二年三月

単行本　二〇一九年五月　文藝春秋刊
ＤＴＰ制作　エヴリ・シンク

アメリカ紀行《きこう》

定価はカバーに
表示してあります

2022年5月10日　第1刷

著　者　千《ち》葉《ば》雅《まさ》也《や》
発行者　花田朋子
発行所　株式会社　文藝春秋

東京都千代田区紀尾井町3-23　〒102-8008
TEL　03・3265・1211㈹
文藝春秋ホームページ　http://www.bunshun.co.jp

落丁、乱丁本は、お手数ですが小社製作部宛お送り下さい。送料小社負担でお取替致します。

印刷・図書印刷　製本・加藤製本

Printed in Japan
ISBN978-4-16-791880-4

（　）内は解説者。品切の節はご容赦下さい。

内田　樹
内田樹による内田樹
百冊を超える著書・翻訳書の中から『ためらいの倫理学』などを取り上げた、著者による自作解説の講義を元に生まれた新たな思考へと飛翔する一冊。巻末に著書・翻訳書リストを収録。
う-19-23

大前研一
質問する力
年金、郵政民営化、八五年以降の世界情勢の変化、教育など諸問題を鋭い視点でとらえ「質問する力」こそが人生やビジネスにとって最大の武器になると説く。ビジネスマン必読！（堤　堯）
お-35-1

川村元気
仕事。
山田洋次、沢木耕太郎、杉本博司、倉本聰、秋元康、宮崎駿、糸井重里、篠山紀信、谷川俊太郎、鈴木敏夫、横尾忠則、坂本龍一——12人の巨匠に学ぶ、仕事で人生を面白くする力。
か-75-2

川村元気
理系。
世界を救うのは理系だ。川村元気が最先端の理系人15人と語った未来のサバイブ術！　これから、世界は、人間は、どう変わるのか？　危機の先にある、大きなチャンスをどう摑むのか？
か-75-4

木田　元
哲学散歩
著者が惹かれてやまない性格最悪のハイデガーなど、古代ギリシャ哲学から20世紀現代思想迄の代表的な哲学者の思想とエピソードを、自身の哲学体験を交えながら紹介。（保坂和志）
き-45-1

佐藤　優
交渉術
酒、性欲、カネ、地位——人間の欲望を分析し、交渉の技法を磨け。インテリジェンスのプロが明かす外交回顧録にして、ビジネスマンの実用書。「東日本大震災と交渉術」を増補。
さ-52-2

ちきりん
未来の働き方を考えよう
人生は二回、生きられる
先の見えない定年延長が囁かれる中ホントに20代で選んだ仕事を70代まで続けるの？　月間200万PVを誇る人気ブロガーが説く「人生を2回生きる」働き方。（柳川範之）
ち-7-1

（　）内は解説者。品切の節はご容赦下さい。

ちきりん
「自分メディア」はこう作る！
会社を辞めて、自由に生きていく！　フォロワー35万突破「ちきりん」の原点から、誰もが一人で発信できる「個人の時代」の未来が見えてくる。個人の力を最大化するブログ運営戦略。
ち-7-2

千葉雅也
勉強の哲学
来たるべきバカのために　増補版
勉強とはかつての自分を失うことであり、恐るべき変身に身を投じる「快楽」である――。これまでの勉強の概念を覆す、革命的勉強論！　文庫版スペシャル「補章」も収録。　（佐藤　優）
ち-9-1

丹羽宇一郎
人は仕事で磨かれる
清廉・異能・決断力……四千億円の不良資産を一括処理、翌年には伊藤忠商事史上最高益（当時）を計上して世間を瞠目させた経営トップが、その経営理念のすべてをここに明かした！
に-15-2

羽生善治
羽生善治　闘う頭脳
ビジネスに役立つ発想のヒントが満載！　棋士生活30年を越え、常にトップを走り続ける天才の卓越した思考力、持続力、発想力はどこから湧き出るのか。自身の言葉で明らかにする。
は-50-1

藤沢武夫
経営に終わりはない
戦後、町工場から世界的優良企業へと飛躍した本田技研。本田宗一郎との二人三脚で「ホンダ」を育てあげた名経営者・藤沢武夫が初めて明かす自らの半生と経営理念。ビジネスマンの必読書。
ふ-15-1

星野　源
働く男
働きすぎのあなたへ。働かなさすぎのあなたへ。音楽家、俳優、文筆家の星野源が、過剰に働いていた時期の自らの仕事を解説した一冊。ピース又吉直樹との「働く男」同士対談を特別収録。
ほ-17-2

水野敬也
「美女と野獣」の野獣になる方法
百七十万部ベストセラー『夢をかなえるゾウ』の著者が体験から生み出した「必ず女性にもてる恋愛理論満載の実践書」。クリスマスを彼女と過ごす必勝法を伝授する袋とじ付録付き！
み-35-2

（　）内は解説者。品切の節はご容赦下さい。

安野光雅
絵のある自伝
昭和を生きた著者が出会い、別れていった人々との思い出をユーモア溢れる文章と柔らかな水彩画で綴る初の自伝。心温まる追憶は時代の空気を浮かび上がらせ、読む者の胸に迫る。

あ-9-7

阿川佐和子
いつもひとりで
ジャズ、エステ、旅行に食事。相変わらずパワフルに日々を送るアガワの大人気エッセイ集。幼い頃の予定を大幅に変更して今後は「いつもひとり」の覚悟をしつつ……？（三宮麻由子）
あ-23-12

浅田次郎
君は嘘つきだから、小説家にでもなればいい
裕福だった子供時代、一家離散の日々で身につけた習慣、二人の母のこと、競馬、小説。作家・浅田次郎を作った人生の諸事が綴られた文章に酔いしれる、珠玉のエッセイ集。

あ-39-14

浅田次郎
かわいい自分には旅をさせよ
京都、北京、パリ……誰のためでもなく自分のために旅をし、日本を危うくする「男の不在」を憂う。旅の極意と人生指南がつまった、笑いと涙の極上エッセイ集。幻の短篇、特別収録。

あ-39-15

安野モヨコ
食べ物連載
くいいじ
激しく〆切中でもやっぱり美味しいものが食べたい！　昼ごはんを食べながら夕食の献立を考える食いしん坊な漫画家・安野モヨコが、どうにも止まらないくいいじを描いたエッセイ集。

あ-57-2

朝井リョウ
時をかけるゆとり
カットモデルを務めれば顔の長さに難癖つけられ、マックで休憩すれば黒タイツおじさんに英語の発音を直され。『学生時代にやらなくてもいい20のこと』改題の完全版。（光原百合）
あ-68-1

朝井リョウ
風と共にゆとりぬ
レンタル彼氏との対決、会社員時代のポンコツぶり、ハワイへの家族旅行、困難な私服選び、税理士の結婚式での本気の余興、壮絶な痔瘻手術体験など、ゆとり世代の日常を描くエッセイ。

あ-68-4

（　）内は解説者。品切の節はご容赦下さい。

安西水丸
ちいさな城下町
有名無名を問わず、水丸さんが惹かれてやまなかった村上市・行田市・中津市・高梁市など二十一の城下町。歴史的事件や人物の逸話、四コマ漫画も読んで楽しい旅エッセイ。（松平定知）
あ-73-1

五木寛之
杖ことば
心に残る、支えになっている諺や格言をもとにした、著者初の語り下ろしエッセイ。心が折れそうなとき、災難がふりかかってきたとき、老後の不安におしつぶされそうなときに読みたい一冊。

い-1-36

井上ひさし
ボローニャ紀行
文化による都市再生のモデルとして名高いイタリアの小都市ボローニャ。街を訪れた著者は、人々が力を合わせ理想を追う姿を見つめ、思索を深める。豊かな文明論的エセー。（小森陽一）
い-3-29

池波正太郎
夜明けのブランデー
映画や演劇、万年筆に帽子、食べもの日記や酒のこと。週刊文春に連載されたショート・エッセイを著者直筆の絵とともに楽しめる穏やかな老熟の日々が綴られた池波版絵日記。（池内　紀）
い-4-90

伊集院　静
伊集院静の流儀
危機の時代を、ほんとうの「大人」として生きるために——。今もっとも注目を集める作家の魅力を凝縮したベストセラーが待望の文庫化。エッセイ、対論、箴言集、等々。ファン必携の一冊。

い-26-18

伊集院　静
眺めのいい人
井上陽水、北野武、色川武大、松井秀喜、武豊、宮沢りえ、高倉健など、異能の人々の素顔が垣間見える、著者ならではの交遊録。大ベストセラー『大人の流儀』は、本書があってこそ生まれた。

い-26-19

伊藤比呂美
犬心
十四年間ともに暮らしたジャーマン・シェパード、タケとの最後の日々。生と死を考えるなかで、重なるのは日米間で遠距離介護をしていた父の姿だ。詩人が綴る「命の物語」。（町田　康）
い-99-1

（　）内は解説者。品切の節はご容赦下さい。

井上ユリ
姉・米原万里
プラハのソビエト学校で少女時代を共に過ごした三歳下の妹が、食べものの記憶を通して綴る姉の思い出。初めて明かされる名エッセイの舞台裏。初公開の秘蔵写真多数掲載。（福岡伸一）
い-104-1

宇江佐真理
ウエザ・リポート　見上げた空の色
鬼平から蠣崎波響など歴史上の人物、私淑する先輩作家、大好きな本、地元函館での衣食住、そして還暦を過ぎて思いがけず得た病のことなど。文庫化にあたり、「私の乳癌リポート」を収録。

う-11-20

上野千鶴子
おひとりさまの老後
結婚していてもしてなくても、最後は必ずひとりになる。でも、智恵と工夫さえあれば、老後のひとり暮らしは怖くない。80万部のベストセラー、待望の文庫化！（角田光代）
う-28-1

上野千鶴子
男おひとりさま道
80万部を超えたベストセラー「おひとりさまの老後」の第二弾。死別シングル、離別シングル、非婚シングルと男性〝おひとりさま〟向けに、豊富な事例をまじえノウハウを指南。（田原総一朗）
う-28-2

上野千鶴子
ひとりの午後に
世間知らずだった子供時代、孤独を抱えて生きていた十代のころ……。著者の知られざる生い立ちや内面を、抑制された筆致で綴ったエッセイ集。（伊藤比呂美）
う-28-3

上野千鶴子
上野千鶴子のサバイバル語録
「万人に感じ良く思われなくてもいい」『相手にとどめを刺さず、もてあそびなさい』——家族、結婚、仕事、老後、人生を前向きに生きたいあなたへ。過酷な時代を生き抜く140の金言。

う-28-4

内田洋子
ジーノの家
イタリア10景
イタリア人は人間の見本かもしれない——在イタリア三十年の著者が目にしたかの国の魅力溢れる人間達。忘れえぬ出会いや情景をこの上ない端正な文章で描ききるエッセイ。（松田哲夫）
う-30-1

（　）内は解説者。品切の節はご容赦下さい。

内田洋子
ロベルトからの手紙
俳優の夫との思い出を守り続ける老女、弟を想う働き者の姉たち、無職で引きこもりの息子を案じる母——イタリアの様々な家族の形とほろ苦い人生を端正に描く随筆集。（平松洋子）
う-30-2

遠藤周作
生き上手 死に上手
死ぬ時は死ぬがよし……だれもがこんな境地で死を迎えたい。でも死はひたすら恐い。だからこそ死に稽古が必要になる。周作先生が自らの失敗談を交えて贈る人生セミナー。（矢代静一）
え-1-12

江國香織
やわらかなレタス
ひとつの言葉から広がる無限のイメージ——。江國さんの手にかかると、日々のささいな出来事さえも、キラキラ輝いて見えだします。読者を不思議な世界にいざなう、待望のエッセイ集。

え-10-3

小川洋子
とにかく散歩いたしましょう
ハダカデバネズミとの心躍る対面、同郷のフィギュアスケーターの演技を見て流す涙、そして永眠した愛犬ラブと暮らした日々。創作の源泉を明かす珠玉のエッセイ46篇。（津村記久子）
お-17-4

岡田光世
ニューヨークの魔法の約束
大都会の街角で交わす様々な〝約束〟が胸を打つ、大人気シリーズ第七弾。くり返しの毎日に心が乾いていたら、貴方も魔法にかかってみませんか？　文庫書き下ろし。（加藤タキ）
お-41-7

岡田光世
ニューヨークの魔法のかかり方
どこでも使えるコミュニケーション術を初めて伝授する第八弾。笑いと涙の話に明日へのパワーを充電できて英語も学べる！　女優・黒木瞳さんとの対談を特別収録。カラー写真満載。

お-41-8

岡田光世
ニューヨークの魔法は終わらない
道を聞けば周りがみな口を出す。駅のホームで他人同士が踊り始める——心と心が通い合った時、魔法が生まれる。大人気シリーズ最後を飾る書き下ろし。著者の秘蔵話と写真も満載！

お-41-9

（　）内は解説者。品切の節はご容赦下さい。

大宮エリー
生きるコント
毎日、真面目に生きているつもりなのに……なぜか、すべてがコントになってしまう人生。作家・大宮エリーのデビュー作となった、大笑いのあとほろりとくる悲喜劇エッセイ。（片桐　仁）
お-51-1

大宮エリー
生きるコント2
笑ったり泣いたり水浸しになったり。何をしでかすか分からない〝嵐を呼ぶ女〟大宮エリーのコントのような爆笑エッセイ集、第2弾。読むとラクになれます。（松尾スズキ）
お-51-2

開高　健
私の釣魚大全
まずミミズを掘ることからはじまり、メコン川でカチョックという変な魚を一尾釣ることに至る国際的な釣りのはなしと、井伏鱒二氏が鱒を釣る話など、楽しさあふれる極上エッセイ。
か-1-2

角田光代
なんでわざわざ中年体育
中年たちは皆、運動を始める。フルマラソンに山登り、ボルダリング、アウトドアヨガ。インドア派を自認する人気作家が果敢に様々なスポーツに挑戦した爆笑と共感の傑作エッセイ。
か-32-16

川上未映子
きみは赤ちゃん
35歳で初めての出産。それは試練の連続だった！　芥川賞作家の鋭い観察眼で「妊娠・出産・育児」という大事業の現実を率直に描き、多くの涙と共感を呼んだベストセラー異色エッセイ。
か-51-4

河野裕子・永田和宏
たとへば君《きみ》
四十年の恋歌
乳がんで亡くなった歌人の河野裕子さん。大学時代の出会いから、結婚、子育て、発病、そして死。先立つ妻と見守り続けた夫。交わした愛の歌380首とエッセイ。（川本三郎）
か-64-1

河野裕子・永田和宏
京都うた紀行
歌人夫婦、最後の旅
歌に魅せられ、その歌に詠まれた京都近郊の地をともに歩いて綴った歌人夫婦の記。死別の予感が切なく胸に迫る。河野氏の死の直前に行われた最後の対談を収録。（芳賀　徹）
か-64-3

角幡唯介
探検家の憂鬱
チベットから富士山、北極……。「生のぎりぎりの淵をのぞき見ても、もっと行けたんじゃないかと思ってしまう」探検家・角幡唯介にとって、生きるとは何か。孤高のエッセイ集。

か-67-1

角幡唯介
探検家の事情
本屋大賞ノンフィクション本大賞受賞など最注目の探検家が「実は私、本当はイケナイ人間なんです」と明かすエッセイ。宮坂学ヤフー会長との「脱システム」を巡る対談も収録。

か-67-2

貴志祐介
極悪鳥になる夢を見る
時にスッポンに詫びつつ鍋を作り、時に読む者を不安にする早口言葉を考え、常に阪神愛は止まらない。意外な素顔満載の初エッセイ集。ヒューマニズムと悪についての講演録も収録。

き-35-3

黒柳徹子
チャックより愛をこめて
長い休みも海外生活も一人暮らしも何もかもが初めての経験。NY留学の1年を喜怒哀楽いっぱいに描いた初エッセイが新装版に。インスタグラムで話題となった当時の写真も多数収録。

く-2-3

久世光彦
ベスト・オブ・マイ・ラスト・ソング
末期の刻に一曲だけ聴くことができるとしたら、どんな歌を選ぶか——。14年間連載されたエッセイから52篇を選んだ〈決定版〉。小林亜星、小泉今日子、久世朋子の語り下し座談会収録。

く-17-7

高橋順子
夫・車谷長吉
直木賞受賞作『赤目四十八瀧心中未遂』で知られる異色の私小説作家の求愛を受け容れ、最後まで妻として支え抜いた詩人が回想する桁外れな夫婦の姿。講談社エッセイ賞受賞。（角田光代）
く-19-50

宮藤官九郎
え、なんでまた？
『あまちゃん』から『11人もいる！』まで、あの名セリフはここで生まれた！　宮藤官九郎が撮影現場や日常生活で出会った名＆迷セリフについて綴ったエッセイ集。（岡田惠和）
く-34-4

（　）内は解説者。品切の節はご容赦下さい。

小林秀雄
考えるヒント
常識、漫画、良心、歴史、役者、ヒットラーと悪魔、平家物語などの項目を収めた「考えるヒント」に随想「四季」を加え、「ソヴェットの旅」を付した明快達意の随筆集。（江藤　淳）
こ-1-8

小林秀雄
考えるヒント2
忠臣蔵、学問、考えるという事、ヒューマニズム、還暦、哲学、天命を知るとは、歴史、など十二篇に「常識について」を併載して、いま改めて考えることの愉悦を教える。（江藤　淳）
こ-1-9

小林秀雄
考えるヒント3
「知の巨人」の思索の到達点を示すシリーズの第三弾。柳田民俗学の意義を正確に読み解き、現代知識人の盲点を鋭くついた歴史的名講演「信ずることと知ること」ほかの講演を収録する。
こ-1-10

佐藤愛子
我が老後
妊娠中の娘から二羽のインコを預かったのが受難の始まり。さらに仔犬、孫の面倒まで押しつけられ、平穏な生活はぶちこわし。ああ、我が老後は日々これ闘いなのだ。痛快抱腹エッセイ。
さ-18-2

佐藤愛子
これでおしまい
我が老後7
タイガー・ウッズの浮気、知的人間の面倒臭さ、嘘つきについて。20年間「悟る」ことなき爽快な愛子節が炸裂する！　冴え渡る考察とユーモアで元気になる大人気エッセイ集。
さ-18-24

佐藤愛子
冥途のお客
岐阜の幽霊住宅で江原啓之氏が見たもの、狐霊憑依事件、金縛り体験記、霊能者の優劣……。「この世よりもあの世の友が多くなってしまった」著者の、怖くて切ない霊との交遊録、第二弾。
さ-18-13

佐藤愛子
孫と私のケッタイな年賀状
初孫・桃子の誕生以来20年、親しい友人に送り続けた2ショット年賀状。孫の思春期もかえりみず、トトロやコギャルはては晒し首まで、過激な扮装写真を一挙公開！（阿川佐和子）
さ-18-32

（　）内は解説者。品切の節はご容赦下さい。

西原理恵子
洗えば使える 泥名言
サイバラが出会った（いろんな意味で）どうかしている人たちが放った、エグくて笑えてじ〜んとする言葉たち。そのままじゃ食えなくても洗えば使える、煮込めば味が出る！　（壇　蜜）
さ-73-1

司馬遼太郎
余話として
竜馬の「許婚者」の墓に刻まれた言葉、西郷さんの本当の名前——。歴史の大家がふとした時に漏らしたこぼれ話や、名作の舞台裏をまとめた、壮大で愉快なエッセイ集。　（山川浩司）
し-1-139

東海林さだお
ゆで卵の丸かじり
ゆで卵を食べる時、最初にかぶりつくのは丸い方から？　白身と黄身のバランスから何口で食べ終えるのが正しい？　「食」への好奇心はいまだ衰えず。大人気シリーズ第33弾！　（久住昌之）
し-6-83

東海林さだお
アンパンの丸かじり
にぎって、固めて、齧りつく。アンパンの別次元のおいしさに我を忘れ、ある時は「日本国鍋物法」を一人審議する……抱腹絶倒、大人気の「丸かじり」シリーズ第34弾！　（重松　清）
し-6-85

東海林さだお
レバ刺しの丸かじり
もう一度アナタに逢いたい！　この世からレバ刺しが消える直前、さだおは走った——ナルトに対する選択肢・柿の種誕生物語・納豆ジャニーズ論など、第35弾も絶好調。　（平松洋子）
し-6-87

東海林さだお
サンマの丸かじり
さようなら…。断腸の思いでプツンと頭を切り落とす。フライパン方式が導入されたサンマの悲劇。冷やし中華は「七人の侍」、許されざる太巻き、コンニャクとの関係など。　（椎名　誠）
し-6-88

東海林さだお
猫大好き
なんとも羨ましい猫の生き方研究から内臓と自分の不思議な関係まで。ショージ君が深〜く考える、大好評エッセイシリーズ。南伸坊、パラダイス山元、近藤誠との対談も収録。　（壇　蜜）
し-6-89

文春文庫　最新刊

風に訊け 空也十番勝負（七）　佐伯泰英
萩城下で修行を続ける空也は、お家騒動に巻き込まれ…

傑作はまだ　瀬尾まいこ
引きこもり作家のもとに会ったことのない息子が現れて

夢見る帝国図書館　中島京子
図書館を愛した喜和子さんと図書館が愛した人々の物語

おまえの罪を自白しろ　真保裕一
代議士の孫が誘拐された。犯人の要求は「罪の自白」！

出世商人（五）　千野隆司
白砂糖の振り売りが殺された。巷では砂糖の抜け荷の噂が

江戸彩り見立て帖 **朱に交われば**　坂井希久子
〝江戸のカラーコーディネーター〟お彩が、難問に挑む！

まよなかの青空　谷瑞恵
過去から踏み出せない二人が、思い出の中の人物を探す

小隊　砂川文次
ロシア軍が北海道に上陸。芥川賞作家が描く戦争小説集

禿鷹の夜〈新装版〉　逢坂剛
史上最悪の刑事〝ハゲタカ〟が、恋人を奪った敵を追う

百歳までにしたいこと　曽野綾子
90歳を迎えた著者が説く、老年を生きる心構えと知恵と

アメリカ紀行　千葉雅也
トランプ以後のアメリカで気鋭の哲学者は何を考えたか

歳月がくれるもの まいにち、ごきげんさん　田辺聖子
独身も結婚も楽しい。「人間の可愛げ」に目覚める25編！

生まれた時からアルデンテ　平野紗季子
ミレニアル世代の手による、愛と希望と欲の食エッセイ

そして、ぼくは旅に出た。 はじまりの森 ノースウッズ　大竹英洋
夢に現れたオオカミに導かれ、単身渡米、水上の旅へ―

死亡告示 トラブル・イン・マインドⅡ　ジェフリー・ディーヴァー　池田真紀子訳
ライムにまさかの「死亡告示」!? 名手の8年ぶり短編集

わたしたちの登る丘　アマンダ・ゴーマン　鴻巣友季子訳
桂冠詩人の力強い言葉。名訳が特別企画を追加し文庫化！